Les Fantômes

C. Vidal

"Oublions ! oublions ! Quand la jeunesse est morte,
Laissons-nous emporter par le vent qui l'emporte
À l'horizon obscur.
Rien ne reste de nous ; notre œuvre est un problème.
L'homme, fantôme errant, passe sans laisser même
Son ombre sur le mur !"

Victor Hugo

© C. Vidal, 2024
Édition : BoD · Books on Demand GmbH, In de Tarpen 42,
22848 Norderstedt (Allemagne)
Impression : Libri Plureos GmbH, Friedensallee 273,
22763 Hamburg (Allemagne)
ISBN : 978-2-3224-7823-1
Dépôt légal : Novembre 2024

0

Iel fit encore quelques pas avant de s'arrêter. Les dalles brunes du trottoir luisaient sous le soleil de début de journée. Autour, les hautes constructions encadraient l'avenue, traçant comme une large tranchée au sein de l'enchevêtrement sombre de la cité-monde.

Bo ajusta l'étoffe rugueuse sur son visage et repris son chemin. Chacun de ses pas charriait la poussière, abandonnant une longue traînée d'empreintes déformées.

Iel parcourut en silence une centaine de mètres puis s'arrêta à nouveau. Où allait-iel déjà ?

Les mots résonnaient dans sa tête. Iel déglutit douloureusement. Comment pouvait-iel avoir oublié cela ?

Les battements sourds envahirent ses oreilles, bourdonnants d'échos chahutés par le vent, dissolvant les mots. Ses pensées s'échappaient. Les sons ne s'attachaient plus, paraissant soudain étrangement dissonants. L'espace d'un instant c'était l'impression de ne plus vraiment être. Ou plutôt, d'être à la fois tout et rien, dénué de parole et figé dans le temps.

Iel secoua la tête et respira profondément. Cela allait passer. Cela passait toujours.

Iel s'assit sur le parapet froid qui bordait les dalles, soutenant le ruban noir goudronné de la route. Malgré le soleil, Bo ne comprenait pas comment celui-ci pouvait conserver sa fraîcheur alors même qu'iel se mettait invariablement à brûler lorsqu'iel restait exposé trop longtemps. Où allait-iel ?

Bo ferma les yeux, chercha à relâcher son esprit. Ne pas penser à penser.

Se laisser vagabonder. Le fil des idées reviendrait, il revenait toujours, il suffisait d'attendre. Une nouvelle inspiration accompagna l'effort. Le martèlement dans la poitrine se fit plus discret. La surface ondulante de l'eau tout en bas de l'avenue s'imposa d'un coup. L'image d'un quai de béton ponctué d'escaliers plongeant sous la surface mouvante. Le fleuve. Oui ! c'était cela.

Iel se remit debout et fit quelques pas rapides, dérapant sur les dalles poussiéreuses avant de se reprendre. Iel avait tout le temps. Toute la journée et même plus d'ailleurs.

Toute une vie.

Ses pas claquaient sur la pierre froide. Un instant, Bo se demanda pourquoi iel ne marchait jamais sur la route. Iel n'avait pas de réponse à cette question. Iel pensa à Titien. Aux consignes de sécurité qui résonnaient encore dans sa tête. Bo n'avait jamais compris à quoi ces consignes se rapportaient vraiment. Iel ne pouvait qu'imaginer des dangers impitoyables et terrifiants pour justifier autant de précautions.

Un pied hésitant vint buter sur le parapet du trottoir avant de remonter précipitamment sur la pierre brune. Cela ne servait à rien de tenter le diable aujourd'hui. Il y avait bien assez de place sur le trottoir.

L'avenue débouchait brusquement sur une large place carrée. En son centre, la haute statue d'un homme nu brandissant une lance, à cheval sur un lion aux yeux morts et à la peau luisante sous le soleil de la fin de journée. L'eau jaillissait en cascade de la bouche du lion, éclaboussant les dalles au centre de la place avant de s'écouler le long des rainures vers une partie plus poreuse au travers de laquelle elle disparaissait.

Iel fixa un instant le rideau iridescent, se laissant capturer par l'éclat mouvant du flux. Le fracas assourdissant de sa chute, amplifié en un ronronnement rocailleux gonflait l'air d'une présence invisible.

Bo n'avait jamais compris pourquoi certaines places vivaient encore quand d'autres semblaient s'être endormies. Dans sa tête, les souvenirs se mélangeaient et iel ne savait plus bien d'où lui venaient ces impressions. Celles qui lui parlaient de mouvement, de présences. D'un autre temps. Iel ne savait que ce que Titien lui avait dit. Que la cité-monde était automatisée et reposait dorénavant sur un vaste réseau de galeries, de serveurs et d'engrenages. Que si on faisait suffisamment attention, on pouvait percevoir une discrète vibration du sol, un ronronnement à peine audible dans le brouhaha permanent de la ville. Bo se souvenait vaguement d'un temps où le silence paraissait moins assourdissant.

Était-ce de cela dont parlait le robot ?

Iel contourna la fontaine, évita précautionneusement les carreaux humides et s'avança vers la rue qui partait sur la droite avant de poursuivre sa descente, plongeant abruptement vers le fleuve. Alors qu'iel se coulait dans la ruelle, Bo sursauta soudain à l'éclat d'une voix.

Iel se retourna, chercha du regard la source du bruit. La place était restée vide. Ses quatre hauts arbres dressés aux coins, ondulant imperceptiblement. Le poids de l'air dans sa gorge lui rappela sa présence. Iel fit un effort pour expirer calmement. Il n'y avait rien ici.

Personne ne lui ferait rien.

Iel reprit son chemin, pressant le pas pour laisser au plus vite la place et son malaise, lorsqu'elle surgit brusquement d'une impasse. Bien trop proche pour être évitée. Iel se crispa et grimaça, rentrant de plein fouet dans le fantôme. Iel détestait cela. Parmi les rares interactions qu'ils leur arrivaient d'avoir, le contact restait difficile. L'écho de leurs voix l'avait bien perturbé quelques temps, mais leur timbre rauque et soufflé comme leur étrange manière de résonner dans son esprit étaient progressivement devenus familiers. La brutalité de leurs apparitions l'avait également bousculé pour devenir presque banale. Seule restait insupportable cette sensation incertaine de contact, ce froid insaisissable, indescriptible.

Encore tremblant, iel se retourna pour constater que le fantôme en avait fait de même.

Une jeune femme.

Pointant le doigt vers le ciel, elle lui sourit discrètement et articula dans un murmure plein de mystère tout en se dissolvant :

— Tu viens ?

Bo resta de marbre, l'image du regard blanc plongé dans le sien. Ce regard... comme si elle l'avait vu. L'écho des quelques mots murmurés si bas qu'iel douterait même de les avoir vraiment entendus.

Le fantôme s'était dissipé depuis un moment maintenant, mais Bo continuait à fixer l'espace, cherchant à retrouver la forme et les traits du visage. Et ce regard. *Tu viens ?*

Iel secoua la tête. Le hasard. S'iel les entendait, les fantômes ne lui parlaient pas. Iel l'avait cru au début mais rapidement iel avait bien dû l'admettre. Bo ne savait certes pas expliquer par quel phénomène iel arrivait à les entendre, à les voir et même, dans une certaine mesure, à les sentir. Mais les fantômes ne lui adressaient jamais la parole. Ils ne l'apercevaient même pas.

Les Fantômes

Et pourtant… ce regard ! Bo aurait pu jurer qu'il s'était plongé dans le sien. Que ce sourire l'interpellait.

Tu viens ?

Mais venir où ? Iel revoit le sourire et le doigt pointant vers le haut.

Tu viens ?

Bo leva les yeux, parcouru la bande azur encadrée par la frontière rectiligne des immeubles.

— *Tu viens ?*

— Je veux bien venir mais où ?

Bo tira sur le tissu rugueux de la couverture thermostatique en se tournant, encore. Impossible de dormir. Dès qu'iel fermait les yeux, le visage de la fille lui revenait. L'inhabituel éclat de ses yeux. Le timbre si limpide de sa voix. Et puis, surtout, cette impression profonde d'être vu. Iel se sentait fébrile, bousculé par l'impérieux besoin de retrouver encore et encore la sensation de ce regard.

Iel s'étendit sur le dos, fixa un instant le plafond, inspira profondément. *Que faire ?*

Dans un coin, la carcasse massive de Titien dessinait des ombres sur le mur de pierres bleues. Qu'aurait-il répondu ?

Bo ne croyait pas que la réponse lui aurait vraiment plu. Titien s'était toujours montré très pragmatique. Il aurait probablement parlé d'exercices de respiration et conseillé de bien réfléchir avant de répondre à la sollicitation d'une inconnue. Il n'aurait certainement rien dit quant à la possibilité que la jeune femme se soit vraiment adressée à Bo. Il n'aurait peut-être même pas pris le temps de répondre. Titien évoquait toujours les interactions humaines comme une évidente banalité. Comme s'il n'y avait pas lieu de s'étendre ou de se questionner. Il n'avait d'ailleurs jamais vraiment répondu à ses questions concernant les fantômes. A peine quelques mots sur le fait que chacun faisait ce qu'il voulait et qu'il ne tenait qu'à Bo de les ignorer ou de les éviter.

Bo ne se souvenait pas d'avant. Enfin, pas vraiment. Iel avait vaguement l'idée que tout n'avait pas toujours été ainsi, qu'il y avait eu d'autres humains autour.

Des humains dans des corps que l'on pouvait toucher, à qui on pouvait parler. Iel était d'ailleurs certain d'avoir partagé des choses avec eux, des choses comme le regard de cette fille. Et puis un jour, sans qu'iel ne sache ni quand, ni pourquoi, iel avait ouvert les yeux sur le ciel toujours bleu de la cité-monde. Iel gisait au milieu d'une avenue lorsque Titien était arrivé.

Après un long sermon sur les dangers de la route, il avait longuement insisté pour qu'iel le suive ici. Depuis les jours étaient passés un à un. Si semblables les uns aux autres. Davantage encore depuis que le robot s'est tu, impassible dans sa position de veille. Bo n'aurait pas su dire depuis combien de temps.

Ses propres souvenirs lui serrent la gorge, Bo se leva d'un coup, rejetant la couverture et s'approcha de la baie vitrée. Iel posa les mains et le front sur la surface lisse et froide, contemplant la masse obscure de la cité-monde plongée dans la nuit. De là où iel était, iel devinait à peine les pavés luminescents de l'avenue qui s'étirait au bas de l'immeuble. Son souffle forma une mince couche de brume, brouillant un instant le paysage.

Tu viens ?

Comme iel aurait voulu pouvoir venir !

Iel ferma un instant les yeux, serra les dents sous la sensation douloureuse de sa propre solitude. Si seulement iel avait su où… Iel glissa le long de la vitre, laissant ses idées se dissoudre dans l'obscurité tachetée de la nuit. Au travers du nuage de buée, un point lumineux disparut brutalement. Bo fronça les sourcils avant de se relever, d'essuyer la vitre, cherchant à deviner d'où avait pu venir l'éclat dorénavant manquant. Iel scruta l'immensité noire, passant d'un point lumineux à l'autre, se maudit de ne pas avoir fait plus attention avant. Le bruit sourd de sa main sur la vitre raisonna dans le cube. « Reviens ! » Murmura-t-iel du bout des lèvres fixant désespérément la nuit plus vide et plus noire que jamais. « S'il te plaît reviens. ».

Iel chercha un instant dans sa mémoire ce qui pouvait bien se trouver dans cette direction. Les colonnes Astrales peut-être ? A moins que ce ne soient les Commandantes ou le Dôme-Monde.

La vitre était dure et humide contre son front. Cela faisait si longtemps qu'iel ne prêtait plus attention à la cité-monde. Pourtant, iel en avait autrefois détaillé les contours et scruté chaque élément, cherchant à en percer les surfaces grises, curieuse d'y trouver des réponses.

Des réponses à quoi ?

Bo ne se souvenait même plus des questions. Son esprit fuyait déjà vers d'autres pensées. Soudain, la lumière revint. Brièvement. A peine quelques secondes. A peine le temps de se rendre compte qu'elle était là avant qu'elle ne disparaisse à nouveau. Mais, cette fois, Bo avait réussi à fixer l'endroit. Un doigt tremblant sur la vitre, iel savoura le soulagement de ne plus risquer de la perdre. Iel n'avait qu'à attendre le matin.

Tout s'éclairerait enfin.

La Tour 8 se dressait au milieu des aiguilles du quartier A, amas scintillants d'immenses buildings de verre et d'acier qui déchiraient la ligne d'horizon. Bo se souvenait en avoir exploré les rues alentour avant d'abandonner rapidement tout intérêt pour cet endroit dont les portes pourpres ou nacrées lui étaient restées obstinément fermées, coupant cours à sa curiosité. Titien l'avait d'ailleurs prévenu qu'il n'y aurait rien d'accessible là-bas. Si elles faisaient le déplacement, les élites cyan devaient se contenter d'admirer l'extérieur et de pousser leurs propres portes dans les quartiers E-F-G de la cité-monde.

Iel leva la tête vers le sommet de la tour, camaïeu de gris fondu dans le bleu du ciel. Comment allait-iel réussir à atteindre le toit alors même qu'arriver à entrer ne semblait pas une certitude ? Éclipsée par la peur de ne pouvoir rentrer avant la nuit avait éclipsé cette question. Iel avait dévalé les rues, ralentissant à peine en traversant la route, chacun de ses pas claquant sur les dalles tandis qu'iel longeait les artères vides de la ville.

Iel ne se souvenait même pas avoir passé le long pont blanc. Les flots noirs s'écrasant sur les piliers de marbre scintillant avaient pourtant toujours fasciné Bo, éveillant mille questions et l'idée obsédante de son corps pénétrant les eaux sombres et froides. Du parapet du pont, les pieds à quelques mètres de l'eau, iel avait longuement poursuivi les ombres ondulantes sous la surface, croyant y deviner d'effrayant monstres tapis, à l'affût du premier faux pas pour l'engloutir. Certes, iel n'avait jamais vu autre chose que des formes floues, mais de quoi aurait bien pu témoigner les larges pictogrammes dessinés le long du fleuve rappelant l'interdiction de s'approcher des rives sinon un danger imminent prêt à vous engloutir ?

Iel avait plusieurs fois posé la question à Titien quant à l'apparence des êtres peuplant le fleuve, mais celui-ci n'avait su lui parler que d'animaux écailleux, à la bouche édentée et à l'air hagard qui ne lui avaient pas semblé très menaçant. Iel en avait déduit que comme pour les fantômes, le pragmatisme du robot ne lui permettait pas de saisir la portée réelle de sa question. La place au centre de laquelle se dressait La Tour 8 avait dû, en son temps, résonner de pas et d'éclats de voix d'être probablement trop occupés pour s'interroger sur son étonnant agencement. Tranquille mer de pierre et de béton, l'esplanade s'étirait en camaïeu de gris tout autour du pied vitré de l'immense bâtiment.

Le souffle court, Bo s'approcha lentement des parois transparentes qui encadraient le porche. L'avancée de verre et de métal surplombant le seuil jetait sur le sol une aura grisâtre. Bo se concentra un instant, refusant de se perdre dans la contemplation de son propre reflet.

Iel devait entrer. Rien d'autre n'avait d'importance.

Iel s'avança du mur le plus proche et posa son front sur la paroi, cherchant à apercevoir l'intérieur.

Un sol blanc immaculé fait de larges dalles luisantes sous la lumière du jour, traversé d'un motif dont iel n'aurait su dire s'il représentait vraiment quelque chose. Au-delà, sur la droite, iel croyait deviner un comptoir et, devant, quelques fauteuils d'un rouge éclatant. Plus loin, sur la gauche, deux escaliers montaient vers ce qui ressemblait à une plate-forme ouverte sur le hall. Entre les escaliers, un creux conduisait probablement à d'autres espaces qu'iel imagina vastes et vides, à l'image de l'entrée.

Personne.

Bien entendu.

Iel entreprit de faire le tour, une main posée sur la surface froide, comme pour ne pas se perdre. Iel prit son temps, détaillant chaque aspérité de la façade, balayant l'esplanade lisse et poussiéreuse, plissant les yeux sous l'éclat brûlant du soleil montant. Puis, étourdi de chaleur, iel se laissa finalement tomber dans l'ombre grisâtre de l'auvent.

En dehors du lourd portique d'entrée, iel avait compté trois portes dont les reflets nacrées lui barraient l'accès. Iel ferma les yeux, s'appuya sur une main, cherchant un peu de répit dans les rosaces violacées de ses paupières. Iel pensa à Titien qui se serait probablement moqué de cette étrange lubie. Un chuchotement bref lui caressa l'oreille.

Alentours tout était calme. Les dalles brunes lisses, décorées de poussière, les façades métalliques des tours à proximité et celle, plus massive et plus sombre de la Tour 8. Iel revint machinalement sur le portique et sur l'entrée.

La paroi vitrée en face avait disparu.

Fronçant les sourcils, iel se mit rapidement debout, se hâtant vers l'ouverture avant de s'arrêter net sur le pas de la porte.

Iel fouilla du regard le vaste atrium, immobile et vide, comme figé dans le temps, amplifiant ses doutes et ses peurs. Rater l'occasion ou plonger dans l'inconnu ? Iel retint son souffle et amorça un premier pas rapidement suivi d'un second.

Alors qu'iel atteignit le centre de la rosace dessinée sur le sol, un mouvement dans son dos l'interrompit.

Bref et souple, comme un souffle, La porte venait de se refermer.

Suspendu en plein mouvement, iel jeta un regard sur l'esplanade baignée de lumière, saisit par la fraîcheur diffuse du hall et la sensation brutale d'un basculement. L'air poussiéreux s'alourdit d'un coup, pesant sur

ses épaules, excitant la crainte. Iel se tendit, à l'affût du moindre relief dissonant, mais tout semblait noyé d'un bourdonnement assourdissant. Invisible épaisseur enveloppant chaque chose.
Iel hésitait. Revenir vers la porte ou oser un pas vers l'avant.
L'éclat rond et vibrant de sa semelle déchira brutalement le vacarme aphone. L'écho gagna l'étage et les escaliers puis le couloir en leur centre, ricochant dans le vide, se teintant d'accent ténor puis revenant dans un chuchotement rauque avant de laisser de nouveau place au silence.

L'espace entre les escaliers s'ouvrait sur un couloir obscur se prolongeant par un étrange boyau poussiéreux, étroit et sombre d'où lui semblait provenir des éclats de rire. Perplexe, iel avait d'abord fait le tour du hall, passant derrière le comptoir pour découvrir une file d'écrans figés chacun sur un même visage digital souriant. Iel avait poursuivi son exploration à l'étage, n'y trouvant qu'un ensemble de tables et de chaises éparpillées. Trois portes au total : une nacrée située à l'extrémité du comptoir, qui arborait, en plus de sa couleur, un large écriteau lui laissant penser qu'il s'agissait d'un local technique et deux portes pourpres, toute deux larges à double battant, comme deux tâches macabres sur le mur écru au fond de la salle.
Il ne restait que ce couloir.
Timide, Bo s'était assis sur le sol, entre les deux escaliers. Iel fixait l'ouverture sans arriver à se décider. Iel espérait encore qu'une alternative apparaisse. Bien sûr, il était plus que probable que celui-ci soit vide.
Aussi vide que le hall.
Aussi vide que la cité-monde elle-même.
L'impression visqueuse d'une présence pesait lourdement sur ses épaules, contrariant ses ambitions, attisant la frustration et la douleur. Cette impression qu'iel avait si souvent ressentie en parcourant la ville. Comme si les habitants n'étaient en réalité jamais vraiment partis. Bo se souvenait très bien de ses premières sorties, lorsqu'iel cherchait encore et encore un sens à tout ça. Cette impression constante d'être observé, comme si tous se cachaient, fuyant dès qu'iel approchait. Iel se souvenait avoir visité des cubes d'habitation en tout point semblable au sien. Pour la plupart, les portes étaient closes mais certaines laissaient parfois apparaître des espaces encore meublées, habités d'objets délaissés, abandonnés au vide, seuls détenteurs du secret de ceux qui les avaient autrefois possédés.
Dans le fatras, certaines choses s'étaient détachées.

Comme ces deux petites figurines de bois blanc. Titien lui avait expliqué qu'elles faisaient partie d'un ensemble plus grand constituant un jeu. Pourquoi celles-ci avaient-elles été écartées de l'ensemble ? Bo ne saurait probablement jamais. Iel avait cependant précieusement conservé les deux pièces dans la poche intérieure de son par-dessus. Les savoir là était rassurant. Leur présence à elles-seules fixait dans le temps la réalité de son souvenir autant que celle des êtres l'ayant précédé.

Les premiers pas furent les plus difficiles.

Quelques minutes lui furent nécessaires pour atteindre l'extrémité. Un autre couloir se précipitait ensuite dans une demi-pénombre poussiéreuse au-delà de laquelle iel ne distinguait plus rien. Un regard en arrière sur le hall suspendu de silence et de lumière interrompit son élan. Au tiraillement du doute répondit le souvenir du regard. S'iel voulait retrouver la fille, iel n'avait pas le choix. Prenant appui sur le mur pour se guider, iel plongea dans l'obscurité.

Iel mit du temps à distinguer le couloir qui s'étirait sous ses pieds. Iel fit quelque pas de plus.

La surface moquettée sous ses doigts lui laissait une impression désagréable presque douloureuse. Bo continua d'avancer. Chacun de ses gestes levait davantage de poussière.

Deux portes nacrées se dressèrent bientôt sur sa droite. Iel soupira, tentant de dissiper l'étau qui lui serrait la poitrine. Au delà, le couloir se poursuivait vers ce qui lui semblait être un cul de sac. Iel plissait les yeux en pressant le pas. Tant d'effort pour cela !

Iel laissa échapper un gémissement sourd et frustré en rencontrant le mur. Solide. Froid. Réel. Iel ferma les yeux et souffle bruyamment, se retourna et s'étonna. En amont, le couloir s'élargissait. Comment cet espace avait pu lui échapper ? Iel hâta quelque pas avant de s'arrêter à nouveau.

La porte jetait un halo doré sur le sol gris, comme un sourire moqueur. Bo soupira puis, de colère, donna un grand coup de pied dans le battant lisse. A sa grande surprise il n'y eu pas de bruit, à peine un couinement.

La porte venait de s'ouvrir.

C'était peut-être la dixième porte qu'iel poussait. Comme les autres, elle s'ouvrir dans un discret chuchotement, frottant sur la moquette épaisse du couloir. Encore un ! A croire qu'il n'y avait que ça dans la Tour. Des couloirs et des escaliers.

Bo aurait probablement pu monter directement jusqu'en haut. Mais l'ouverture de cette première porte avait été un tel étonnement, qu'iel n'avait pu résister à l'envie de vérifier. L'une après l'autre, iel poussait chaque battant, répétant pallier après pallier le miracle originel. Elles s'étaient toutes ouvertes. Sans vraiment résister. L'une d'elle avait bien grincé, un peu. Déchirant le silence à l'en faire sursauter. Laissant le battant se gémir sur ses gonds en se refermant.

Le chuchotement s'était évanoui depuis longtemps déjà, se mêlant au silence opaque de la Tour. Iel allait lâcher la porte pour poursuivre son ascension. Soudain, une impression étrange retint son attention. Iel n'aurait pas su dire quoi. Une variation inattendue, une sensation. Une sorte de son peut-être. Bref et aigu, étouffé par l'épaisseur de l'air. Iel fronça les sourcil avant de tendre l'oreille, considérant la possibilité de s'aventurer dans le couloir bleu de l'étage. Au loin, un néon noyait d'une lumière blafarde la moquette, laissant deviner l'espace plus étendu d'une pièce.

Le bruit se répéta, plus fort cette fois. Tintement cristallin épuré, comme le claquement d'une cloche sans résonances. Iel poussa plus loin dans le couloir. Un deuxième bruit, plus mat et plus sec cette fois. Un bruit métallique et sourd.

Iel s'arrêta, le souffle court, l'image d'un monstre tapis là, dans le recoin de l'étage s'imposant brutalement dans son esprit. Mais le bruit continuait. Invariant, comme insensible à sa présence. Bo osa finalement avancer encore un peu, restant malgré tout dans l'ombre du mur, invisible à ce qui aurait pu se trouver là. Jetant un œil anxieux au-delà du coin, iel devina deux fauteuils rouges luisant sous la lumière livide du néon. Une large fresque aux couleurs claires dessinait un ensemble d'arbres et de végétaux entremêlés. Un couloir débutait du bout de la pièce, percé de part et d'autre de portes blanches vitrées laissant filtrer des raies de lumière sur la moquette et le mur adjacent.

Rien de plus.

Pas un mouvement et toujours ce bruit, fracas discret suivi de près par ce tintement unique. Le responsable devait se cacher dans le renfoncement qu'iel devinait sur sa droite. Prenant son courage à deux mains, iel fit quelque pas prudents dans la pièce, les yeux mi-clos, les mains en avant, anticipant le choc.

Le robot avait dû tomber là par hasard en s'éteignant, soudainement pris par le sommeil électrique, bloquant les portes de l'ascenseur.

Depuis combien temps tentaient-elles ainsi de se fermer malgré tout ? La régularité presque métronomique de ses essais répétés fascina Bo tout comme la précision du signal sonore ponctuant chaque essai infructueux. C'était un petit être rectangulaire d'une quarantaine de centimètre, monté sur deux chenilles en caoutchouc. Deux tiges plates rigides dédoublées en leur extrémités étaient fixées de part et d'autre de ce qu'on pourrait comparer à un thorax. Sur le dessus, une demi-sphère avec en son centre un écran noir. Ses doigts hésitèrent un instant avant de se refermer autour de la créature métallique. Les bras sans vie tombèrent sur les côtés tandis qu'iel la souleva dans les airs. Iel caressa doucement la surface rugueuse du boîtier antérieur. La peinture verte s'écaillait par endroit.

Les portes de l'ascenseur se fermèrent d'un coup, dans un raclement souple et sec, bousculant Bo tandis que le tintement raisonnait de nouveau dans l'espace soudainement clos de l'ascenseur. « Mince ! ». Iel lâcha le robot pour se précipiter sur les portes. Iel poussa la surface lisse, trouvant un appui sur le sol rugueux, s'obstinant devant leur immobilité obstinée. La cabine s'ébranla, bousculant Bo dans un assourdissant concert de grincement.

Bo n'aurait pas su dire depuis combien de temps iel montait. Sur le sol froid de la cabine, iel fixait le vide, cherchant à reprendre le contrôle de sa respiration.

Dans un premier temps, alors qu'elle peinait à s'élever, engourdie par le temps et la rouille, iel avait d'abord craint que la cabine se bloque. Mais rapidement, elle avait pris de la vitesse et les grincements s'étaient atténués.

Bo savait ce qu'est un ascenseur, Titien en avait parlé, désignant les cages de métal figées sur les parois de certains immeubles. Bo avait d'abord eu du mal à s'imaginer qu'elles puissent vraiment s'animer mais le robot avait garanti leur fonctionnalité et leur sécurité. Il avait également beaucoup insisté sur la démarche à suivre en cas de panne. Ce qui inquiétait Bo c'était surtout cela. Car chacune de ces démarches requéraient l'intervention d'un tiers à l'extérieur de la cabine. Longtemps, iel avait d'ailleurs attendu devant les portes closes des ascenseurs imaginant que peut-être, on attendait son aide. Mais là, qui viendrait si le système venait à se coincer ?

Bo fixa le sol, expirant le plus doucement possible puis laissa son regard parcourir l'espace.

Secoué par les à-coups de la cabine, le corps du robot semblait par moment reprendre vie. A quoi avait-il pu servir ?

Tous les robots servaient à quelque chose.

C'était en tout cas ce que Titien prétendait. Lui-même servait à éduquer et surveiller. Il avait été programmé pour cela et n'avait, d'après lui, aucune autre utilité. Tout ce qu'iel avait pu dire n'y avait rien changé. Et Bo, à quoi servait-iel ? Iel ne savait pas. Titien n'avait jamais voulu répondre à cette question. Comme si elle n'avait en elle-même aucun sens ou plutôt, comme si elle ne se posait même pas.

A quoi servait-iel ?

Le petit robot bascula sur le côté. Bo tendit la main pour le ramener sur ses genoux. La peinture s'était davantage écaillée en tombant. Bo soupira et se laissa aller vers l'arrière. La cloison de métal vibrait doucement dans son dos. Ses doigts glissèrent sur le sol rugueux de l'ascenseur.

Jusqu'où pouvait-on aller comme cela ?

Après tout, iel n'avait jamais vu le sommet de la Tour 8.

Et s'iel ne s'arrêtait jamais de monter ?

Titien lui avait bien dit une fois que le ciel n'était pas une limite mais qu'il était seulement l'espace vu de la Terre. Bo n'avait ensuite pas bien compris si l'espace s'arrêtait ou pas mais la perspective soudaine de traverser l'univers lui était insupportable. Iel se leva d'un bond, retourna vers la porte, frappant du plat de la main sur les battants. Il fallait qu'iel sorte. Iel ne pouvait pas rester ici.

Iel avait peur de mourir. Iel se sentait déjà étouffer, son cœur exploser dans sa poitrine, le sang marteler ses oreilles. Iel se mit à crier. Sa voix rauque résonna contre les parois métalliques.

La cabine vibra, trembla puis sursauta avant de s'immobiliser. Iel retint son souffle. Le temps s'étira dans la cage immobile. Et puis le tintement familier. Les portes s'ouvrirent sur une étrange impression de déjà-vu. La large fresque végétale, les deux fauteuils rouges luisant sous le néon, la moquette sans motif, le long couloir zébré de lumière provenant de portes vitrées blanches. Comment était-ce possible ?

L'ascenseur se referma.

Iel leva la tête sur le dernier pallier. La fin de l'escalier. Bo n'aurait pas su dire combien d'étage l'ascenseur lui avait fait sauter, combien de temps gagné. Quand iel avait finalement retrouvé l'escalier, le vide plongeant loin au centre lui avait donné le vertige.

La dernière porte était simplement grise. Elle résista un peu avant de lâcher d'un coup, laissant un souffle d'air frais et l'éblouissante clarté de la cité pénétrer l'ouverture béante. Les mains devant le visage, Bo bascula dans la lumière. Le ciel était toujours bleu, sans nuage. Le vent balayait doucement les plaques métalliques uniformes du toit.

Personne.

Juste une plate-forme à perte de vue, fermée de tout côté par l'horizon, lisse et bleu de toute part. La ville entière s'était évanouie pour laisser place à un désert. Un désert bien plus vaste et ouvert mais tout aussi vide et poussiéreux.

Bo se recroquevilla, cherchant un point auquel accrocher le regard, écrasé de doute et de soleil.

Jusqu'ici, iel n'avait pensé qu'à cela, atteindre le sommet. Rien ne lui avait paru plus important que de répondre à l'écho de la voix qui résonnait encore dans sa tête. Iel se rendait compte maintenant qu'iel avait cru qu'elle serait là. Prête à offrir un nouveau regard, le tracé délicat d'un sourire. Bo n'avait aucune idée de ce qu'il lui fallait faire maintenant. Iel doutait même que les mots lui étaient adressés. Un instant, l'idée qu'elle soit peut-être déjà partie l'effleura. Son regard se dériva vers le vide, enseveli sous l'amer constat de son ignorance.

Tout ce chemin jusqu'ici…

Iel se sentait ridicule, d'une candeur écrasante sous le poids de laquelle Iel se laissa tomber, le front sur le métal froid, les mains à plat de chaque côté.

Iel n'avait plus qu'à se laisser flotter de nouveau dans l'enchaînement des jours, n'ayant gagné que de quoi hanter ses jours d'errance dans la cité. Tournant sa tête sur le côté, sa joue frotta sur le sol, tandis que ses yeux s'ouvrait sur l'immensité du ciel.

Titien ! L'image soudain très nette du robot s'imposa dans son esprit. Le souvenir des premiers temps l'assaillit d'un coup tandis que la voix mécanique du robot l'aidait à reprendre pied dans la confusion de ses pensées. Se laisser aller à l'émotion n'apporterait rien et quand on y pensait, le chemin parcouru jusqu'ici était déjà plus qu'iel n'aurait cru pouvoir vivre.

Se redressant, iel détailla d'abord la paume de ses mains, s'employant à retrouver le fil de ses idées. Iel releva ensuite la tête, traça l'horizon, cherchant un point auquel accrocher son attention. Iel vacilla un instant, hasarda quelque pas incertains, avant de filer droit devant, suivi de près par l'écho étouffé de ses pas

Le ciel rougissait déjà au bout de l'avenue, loin, au-delà du pont blanc. Les ombres léchaient les dalles brunes du trottoir, s'empattant de minute en minute. Iel pressa le pas, inquiet de se trouver encore dehors à cette heure-là. Titien n'aurait pas été content. La longue descente dans le ventre aveugle de la tour l'avait laissé hagard, nerveux et impatient, rongé par un sentiment flou et amer qu'iel n'arrivait pas à comprendre.

Iel secoua la tête, fit un effort pour se concentrer, pousser son chemin plus loin, atteignant le pont alors que le disque solaire plongeait sous l'horizon. Encore quelques minutes et la rue serait plongée dans le noir.

Mordu par l'angoisse, Bo chercha du regard un endroit où s'abriter.

La nuit était peuplée de danger. Iel avait vu les vidéos de ces foules agitées, se jetant les uns sur les autres. Iel avait vu les bagarres, les agressions et le sang. Iel se souvenait aussi de formes affalées sur le sol, pantins désarticulés, les yeux révulsés ouverts sur le vide. Titien lui avait dit que c'était à cause des substances. Il avait ensuite prononcé quelques noms que Bo n'avait pas retenus. Mais iel avait très bien compris. La nuit métamorphose les êtres.

Iel frissonna, luttant de nouveau pour ne pas perdre pied dans l'océan agité de ses pensées. Il lui fallait trouver un refuge avant que la nuit ne l'emporte. Iel avisa un passage étroit qui s'enfonçait entre deux bâtiments. Peut-être y trouverait-iel une porte ?

Le passage était étroit et déjà obscur, l'incitant à stopper sa recherche. Inutile d'aller plus loin. Aveugle et sans repère, iel risquait surtout de se faire remarquer. Se laissant glisser sur les dalles brunes, Bo remonta le col de son pardessus. La peau de son visage tirait comme un vêtement rêche, asséchée par les heures passées au sommet de la tour.

Combien de temps avait-iel passé en haut ?

Impossible à dire. Iel avait avancé lentement, dans un univers étincelant de bleu et d'argent jusqu'à atteindre la balustrade de câbles qui s'étirait tout autour de la plate-forme. Les deux mains appuyées sur le filin qui lui mordait les paumes, iel avait hésité avant de jeter son regard dans le vide avant de se laisser absorber par le spectacle de la cité-monde et de son imbroglio sombre coupée en deux par le fleuve lascif entre les blocs de béton. Iel avait scruté attentivement les aplats de gris, cherchant à discerner ne serait-ce qu'un détail qui lui aurait permis de situer l'immeuble qui abritait la chambre où dormait Titien. « Sa » chambre ?

Bo frissonna. En dehors de la présence du robot et de quelques objets qui lui étaient chers, iel n'était pas sûr de considérer l'endroit comme sien. Que possède-t-on dans une ville sans personne ?

L'ombre s'épaississait inéluctablement.

Iel retint sa respiration, guettant le moindre bruit sans percevoir autre chose que le bruissement régulier du fleuve en contre-bas. Là-haut, le ciel se perçait d'étoiles. Le vent se leva soudain, chahutant le sable et la poussière, se glissant dans les interstices de son pardessus.

Dans le noir, Bo avait l'impression de sentir des mains qui l'effleurent. Iel ferma les yeux et serra plus fort encore l'étoffe contre son corps, se couvrant le visage, collant les jambes contre sa poitrine tandis que des sensations étranges traversaient ses membres, des fourmillements dans ses mains, l'impression que sa tête flottait.

Une douleur à l'épaule droite s'immisce dans son sommeil. Iel grogna en massant ses membres engourdis, ouvrant les yeux sur l'intérieur rugueux de son par-dessus.

La lueur phosphorescente des dalles dessinait des formes étranges sur les bâtiments.

Combien de temps avait-iel dormi ?

Étirant son corps endolori, iel réalisa soudain qu'iel avait survécu. Rien ne s'était passé. Aucun monstre n'avait profité de son sommeil pour l'avaler. Iel laissa aller sa tête contre la pierre et inspira profondément. C'était la première fois que Bo se trouvait hors de la chambre la nuit.

Là, entre deux bâtiments, au cœur de la cité-monde, baignée dans la douceur irréelle de l'éclairage urbain, iel se sentait soudain incroyablement leste. Iel laissa ses doigts parcourir les rainures du dallage tandis qu'un sourire naissait sur ses lèvres. Iel resta ainsi un moment, fixant le ciel piqueté d'étoiles. Puis encore sous le choc, se mit lentement debout.

La lumière nimbait d'un halo d'irréalité l'impasse. A pas lent, iel revint vers l'avenue, s'arrêta à l'abouchement de la venelle. Iel tendit l'oreille à l'affût d'un son, d'un mouvement mais seul le bruit du fleuve en contre-bas lui parvint.

Une légère brise souffla sur le boulevard vide.

Iel tourna le dos au fleuve et décida de remonter vers la grande place. C'était comme tout redécouvrir. Chaque rue, chaque façade, chaque recoin. Par endroit, l'épaisseur de poussière occultait partiellement les dalles, projetant des formes en ombre chinoise sur les environs. Bo les contourna soigneusement avant de comprendre qu'elles ne lui feraient rien. Sa propre silhouette s'étirait sur les immeubles, géante dégingandée singeant le moindre de ses mouvements. Iel accéléra le pas, claquant des pieds sur les dalles. Iel marchait, finalement libre dans le dédale des rues de la ville infinie. Libre de pouvoir aller n'importe où.

Bo courrait presque lorsque le boulevard s'ouvrit sur la large place plantée d'arbre ondulant dans le vent paresseux de la nuit. Ivre de joie, iel fit quelque tour avant de s'arrêter net. Dans la devanture vitrée d'un commerce, une forme humaine.

Ce n'était évidemment pas la première fois qu'iel tombait nez à nez avec son image. Les ombres dessinées par l'éclairage tenu des dalles l'éclairait d'un jour nouveau. Iel posa une main sur la vitrine, frissonnant au contact du verre gelé. Iel laissa un doigt courir sur la surface, dessinant les traits de ce visage anguleux soudainement si sérieux. Le bord saillant des mâchoires,

Les Fantômes

les joues creuses et ombrées, deux lèvres fines et pâles, presque blanches, un nez droit un peu court, un front fuyant sur lequel retombait les lourdes boucles claires de ses cheveux hirsutes. Et ses yeux. Son regard. Si différent d'elle.

Iel sentit son cœur se serrer.

Finalement libre mais toujours solitaire. Car c'était cela n'est-ce pas. Il n'y avait personne d'autre ici.

Triste, iel baissa les yeux sur le sol, puis se retourna face à la place.

Où aller maintenant ?

1

Sur un banc de la place, les jambes étendues, les bras posés sur le torse, Bo fixe la mosaïque colorée du sol. Le tracé délicat s'étale sur l'esplanade et se prolonge jusque dans l'ouverture du boulevard principal qui plonge et disparaît dans la cité-monde.

Bo connaît cet endroit. Iel le sait. Iel se souvient parfaitement avoir longuement parcouru les entrelacs de la mosaïque et avoir même demandé à Titien le sens du message qui ne manquait pas de se cacher derrière. La déception d'apprendre que celle-ci ne répondait à rien d'autre qu'un aléa créatif généré par le programme de réfection des voiries de la ville était amère. Encore maintenant, iel ne peut s'empêcher de chercher dans les formes un signe, le premier pas vers la révélation d'un mystère plus grand.

Une illusion.

Comme le reste.

Iel sent la colère. Amère, elle aussi. Et personne à qui la dire. Iel soupire. Au-dessus de sa tête l'immensité sombre piquée d'étoiles se devine entre les feuillages. Encore une question à laquelle le robot n'a pas répondu. Le ciel, c'est le ciel. C'est tout. Titien. Son regard vide, sa voix éraillée, ses mouvements brusques et ses propos énigmatiques.

Comme tout cela parait loin soudain.

Iel se souvient, en tailleur sur le grand tapis, la chaleur réconfortante de la chambre et l'invitation quotidienne à partager ses doutes et ses questions. Mais à quoi cela a-t-il servi ? Iel sait maintenant que tout était faux.

Les portes s'ouvrent et la route comme la nuit ne mangent personne.
Soudain un bruit éclate dans son dos. Bo se lève d'un bond, anticipant la fuite, le cœur battant la chamade, le souffle court.
Rien.
Iel tend l'oreille, se concentre sur le murmure rauque de la cité-monde qui répercute déjà l'écho en contre-bas. Un fantôme peut-être. Bo attend, alternant entre panique et effroi, mais rien ne vient. Alors qu'iel s'apprête à se détourner, Iel avise un mouvement sur sa droite. Une forme sombre qui glisse le long de la façade, changeante, allongée, presque liquide.

Bo recule, ses genoux cognent contre le banc de plastique tandis que l'ombre s'approche, se déformant sur les aspérités du mur. S'étire puis se rétracte au fur et à mesure qu'elle avance. Les fantômes ont-ils une ombre ? Iel se rend compte n'y avoir jamais fait attention. Chaque apparition l'a toujours surpris et iel n'a étrangement jamais essayé de trouver comment les anticiper.

L'ombre s'arrête.

Bo baisse la tête. Un petit être recouvert de fourrure brune, les oreilles pointées vers l'avant, pose un regard curieux sur sa surprise.

Un chat.

Iel sent l'excitation monter alors que l'animal, le regard jaune et luisant, s'assoit sur son arrière train. Bo devine ses longues moustaches et sa queue qui bat nerveusement le pavé. Un vrai chat. Attentiste, iel fait quelque pas vers son visiteur qui ne le quitte pas des yeux. Mais alors qu'iel va tendre la main, le chat fait demi-tour et s'enfuit vers la rue qu'il vient de quitter. Bo ne prend pas même le temps de réfléchir avant de s'élancer derrière le petit félin.

Ses pas claquent sur le pavé, étouffant la course silencieuse de l'animal qui file droit devant lui tandis que Son corps raide lui fait regretter d'avoir tant négliger la gymnastique quotidienne à laquelle l'astreignait Titien. Les poumons en feu, iel fait son possible pour ne pas se laisser devancer, ne pas lâcher l'espoir tenu que l'animal représente. Iel a envie de lui crier d'arrêter, qu'il ne lui arrivera rien, mais iel devine que cela ne changerait rien.

Le chat bifurque sur la droite, dans une ruelle étroite et sombre, surprenant Bo qui freine brutalement. Ses chaussures crissent sur les dalles, dérapent sur le sable poussiéreux. Iel manque presque de tomber, se jetant en avant pour reprendre sa course. Le chat disparaît déjà à l'autre bout du boyau. Iel atteint finalement le coin de la rue, à bout de souffle.

L'allée est courte et déserte mais débouche sur une rue bordée d'une haute grille dont s'échappe les branchages désordonnés d'un amas d'arbres, attisant la curiosité, l'incitant à presser le pas. Comme ailleurs, le ruban habituel de la route y est encadré par deux trottoirs ponctués régulièrement de mobilier urbain. Une rue si semblable à tant d'autre. Au-delà, sur le trottoir d'en face, là où devrait s'élever l'immeuble, il y a cette grille et ce feuillage épais et hirsute dont on ne devine pas de fin et qui par endroit semble se jeter en avant, à peine retenu par les barreaux de métal. Iel s'étonne de constater qu'iel n'a jamais mis un pied ici. Constat étrange éclipsant presque l'amertume d'avoir perdu le petit animal. Iel devine que le chat, si pressé de lui échapper, s'est précipité là-bas, sous les branches.

Le métal est froid sous ses doigts. Un instant, iel envisage de se hisser par-dessus, mais les pics acérés qui composent la partie supérieure de la grille et la cuisson douloureuse si présente dans ses jambes et son dos suffisent à inhiber ses hardeurs. Iel saisit une branche d'une main, la secoue, faisant tomber quelques feuilles puis tire brusquement, faisant ployer un tronc, espérant apercevoir quelque chose de l'autre côté. Rien. Le feuillage dense du premier arbre n'en cache qu'un second au feuillage encore plus sombre et impénétrable.

Iel fait un pas en arrière. A droite comme à gauche la grille longe le trottoir, sans trace d'ouverture. Iel revient vers le coin de la ruelle qui l'a conduit ici et se laisse glisser le long du mur blanc.

Un souffle d'air balaie les pavés, l'air frais s'insinue sous l'épais manteau, l'oblige à tirer sur le col de son par-dessus. Iel frissonne, prenant conscience de sa chemise trempée de sueur qui lui colle à la peau. Iel se recroqueville davantage.

A ses côtés, la rue s'étire, vide et silencieuse.

Combien de temps encore jusqu'au matin ?

Iel a bien l'impression qu'alentours, l'éclairage est moins vif. Une bourrasque plus soutenue agite le feuillage comme mille mains tendues, venant à sa rencontre. Un instant iel hésite à revenir sur ses pas, à retrouver le robot endormi et la douce chaleur de sa chambre. A s'enfouir sous la couverture et d'oublier le regard de cette fille, la Tour 8 et la nuit et reprendre jour après jour le tissage de sa vie. Une vie sans témoin.

Iel secoue la tête.

Quelque chose l'attire ici. Malgré tout. Dans cet endroit incompréhensiblement inconnu. A bien y réfléchir, Bo ne sait d'ailleurs pas vraiment où il se situe. Minutieusement, iel tente péniblement de refaire mentalement le trajet qui mène ici mais s'égare plusieurs fois et finit par laisser tomber.

La vision du défilé d'entrelacs gris minuscules s'étirant à perte de vue depuis le toit de la Tour 8 s'impose à son esprit. Si vaste qu'il en paraît infini, invitant à chercher des limites et des repères. Iel se souvient avoir tenté de distinguer les quelques éléments qu'iel croyait reconnaître, perdant systématiquement le fil de ses recherches noyées dans les déclinaisons de gris, prenant soudain conscience de la naïveté de sa propre assurance.

Que connaît-iel vraiment de la ville dans le fond ?

Quelques rues et places s'enchevêtrant sur quelques kilomètres. Iel doit bien avouer n'avoir jamais poussé ses explorations bien loin. La nuit et la peur dissuadant toute initiative. Et, de toute façon, pourquoi l'aurait-iel fait ? La certitude que rien de bien différent, ne pouvait se trouver au-delà était si confortable. Pourtant, Titien vantait toujours l'immensité de la cité-monde.

La honte monte, rouge et cuisante, tandis que les propos du robot sur les trésors de la mégalopole lui reviennent. Comment a-t-iel pu oublier ? Les images que le robot lui montrait avait pourtant semblé si étrange et fascinante, pleine d'un mystère attisant l'envie d'aventure et de découverte. Certes, Titien avait aussi vite étouffé ses ardeurs sous d'infinies recommandations.

Ses mains tombées sur les dalles se ferment sur le sable poussiéreux. L'amertume dans sa bouche lui renvoie l'image d'un insecte, si petit, si frêle, insignifiant. A peine plus que les grains qui s'échappent en cascade entre ses doigts. Même sa chambre lui paraît soudain bien étriquée et, pour la première fois, l'idée d'y retourner l'étouffe.

Une nouvelle bourrasque chahute les branches. Iel ouvre les mains et étend ses jambes dessinant deux tranchées lumineuses. Plus rien pour l'empêcher maintenant.

Iel revoit le ruban scintillant du fleuve et les quelques aplats colorés tranchant avec la monotonie discrète des rues. Iel revoit la courbure de l'horizon où le ciel épouse si parfaitement la ville qu'on ne les distingue plus l'un de l'autre. Et iel sent poindre une sourde détermination.

Non.

Iel ne retournera pas dans sa chambre sous le regard vide du robot endormi, dans cet endroit qu'iel n'a pas choisi. Iel ouvre brusquement les doigts, laisse tomber le reste de sable avant de s'étirer pour trouver une position plus confortable. Certes, iel ne sait toujours pas grand chose à commencer par sa localisation, mais peut-être qu'à force de patience, le chat reviendra.

Quand Bo ouvre les yeux, le soleil déjà haut dans le ciel éclabousse les dalles poussiéreuses de la ruelle. Sur le flanc gauche meurtri par la dureté de la pierre, le visage posé sur les mains, ses jambes ont glissé jusqu'au bord du trottoir, presque sur la route. Par réflexe, iel les ramène brusquement avant de prendre conscience du ridicule de son geste.

En combien de temps perd-t-on une habitude ?

Bo ne sait pas. Iel ne sait pas non plus pourquoi Titien l'a si souvent mise en garde contre les dangers d'une simple bande de goudron noir. Iel se laisse glisser sur le dos en soupirant. Iel sent sont corps lourd et engourdi, écrasé par de chaleur, un goût de poussière dans la bouche, la gorge sèche et l'impression d'avoir dormi trop longtemps.

Alentours, tout est calme, plongé dans la douce torpeur de la cité-monde chapeauté de son sempiternel toit d'azur. Iel se redresse et écarte les pans de son par-dessus à la recherche d'un peu d'air. Sous ses yeux, le défilé régulier des barreaux de métal luit sous la lumière crue du soleil.

S'aidant du mur, iel se met péniblement debout, déroulant son long corps raide encore abruti de sommeil avant de risquer maladroitement quelques pas vers l'avant.

Au grand jour, la rue a perdu de son mystère. Ses trottoirs étroits n'ont pas l'éclat des boulevards et son unique façade craquelée dénote avec la splendeur lisse des quartiers. Seuls les végétaux impassibles allongeant leurs longs bras décharnés vers la chaussée confèrent encore au lieu un reste d'étrangeté. Pas de chat.

Bo ne peut s'empêcher un soupirer de déception. Disparue la confiance aveugle en un évident retour !

La sécheresse dans sa gorge lui tire une grimace alors qu'iel tente péniblement de déglutir. Iel prend conscience de la soif. D'un œil fébrile, Bo longe le trottoir en amont avant de se précipiter.

Quelques mètres plus loin se dresse fière et sobre la colonne de métal et son couvercle bleu. Si simple, qu'on pourrait presque les confondre avec les tiges qui bordent parfois la chaussée. D'une main, iel presse le disque mobile et la bille translucide jaillit dans un crissement plastique qu'iel saisit avec bien trop d'ardeur, la faisant éclater en mille gouttelettes roulant le long de ses doigts, éclaboussant les pavés. Bo râle furieusement puis expire et se force à inspirer profondément. Sans calme, la deuxième finira comme la première.

Iel passe une main humide sur son visage, savoure un instant la sensation de fraîcheur puis sollicite de nouveau la colonne, attrapant cette fois la petite sphère avec précaution. La paroi souple se courbe sous la pression délicate de ses doigts tandis qu'iel la porte à sa bouche. Elle cède immédiatement, se collant brièvement à son palais avant de se dissoudre, ne laissant qu'une étrange sensation. Comme si elle n'avait jamais existé. Comme si l'eau avait toujours été libre. Ou maintenu par un fantôme.

Titien lui a dit que cela n'avait pas toujours été ainsi. Avant les distributeurs coulaient comme les fontaines d'apparats des grandes places de la cité. Bien sûr, iel ne s'en souvient pas. Iel n'a peut-être même pas connu cette période. Bo sait juste qu'aujourd'hui, l'eau des fontaines n'est pas bonne à boire. Elle rougit la peau, donne des crampes et ne nourrit pas. Iel l'a appris à ses dépens après avoir fait l'essai, une fois. Moite de sueur après des heures de marche sous un soleil de plomb, iel n'avait pas pu résister. Iel avait ôté sa chemise et avait plongé sous le rideau émeraude jaillissant de l'amphore d'une nymphe en bronze sur la place aux quatre rois. La morsure froide l'avait d'abord surpris avant de raviver son corps engourdi par l'effort et la chaleur. Iel avait regardé l'eau frapper ses mains, tomber le long de ses maigres épaules, glisser sur son ventre jusqu'à son pubis, dégoulinant ensuite contre ses jambes, collant ses poils châtains. Les cheveux dans les yeux, iel avait levé la tête, laissant l'eau couler dans sa gorge, la fraîcheur offrant enfin un peu d'apaisement. Mais sur le chemin du retour, sa peau lui avait semblé parcouru d'insecte urticant rapidement suivi d'une torsion douloureuse, là dans ses entrailles. La suite avait été un long calvaire jusqu'à pousser enfin la porte de la chambre, à bout de force, et se traîner jusqu'à sa paillasse pour s'abandonner à l'épuisement. Loin de tout réconfort, le robot l'avait longuement houspillé pour son inconscience. N'avait-on pas idée de se laisser aller ainsi sous l'eau chimique des fontaines de la cité !

Bien que l'incident remonte probablement aujourd'hui à plusieurs cycles, Bo se souvient encore parfaitement du sarcasme de Titien alors qu'iel peinait à trouver une position acceptable, le ventre tordu de douleur. Il lui avait fallu plusieurs heures avant de trouver le sommeil et plusieurs jours avant que sa peau ne retrouve sa pâleur habituelle.

Sa soif étanchée, Bo prend un instant pour scruter les alentours. Un peu plus loin, la rue se courbe lentement pour disparaître derrière la grille, toujours bordée par le long déroulé de façades grises et monotones.

Personne, bien sûr. Pas même un fantôme. Iel en est presque à se demander s'iel n'a pas rêvé. Peut-être son désir insolent de trouver un autre être a-t-il porté jusqu'à créer de toute pièce l'animal détalant dans les rues de la ville.

Iel repousse aussitôt cette idée. Quitte à créer une présence, pourquoi se limiter à un chat ?

Iel sourit à l'idée de chercher du sens dans ses pensées. Comme sa quête d'un regard fantôme ou ses déambulations dans les rues vides de la cité pouvaient en avoir d'avantage.

Certes, iel a depuis longtemps cessé de chercher à comprendre comment iel a échoué ici, acceptant simplement les objectifs absurdes que le robot fixait quotidiennement. Comme si descendre sur les berges du fleuve ou arpenter la cour à arcades de la ville présentait en soit un intérêt digne de remplir une journée.

Qu'aurait-iel pu faire d'autre de toute façon ? Bo réalise qu'à cette question, plein d'idées lui viennent. Comment a-t-iel fait pour ne jamais y penser avant.

Avant… Iel a beau se concentrer, l'ensemble reste flou, assemblage disparate de souvenirs. Iel aurait bien du mal à les ordonner, renforçant le sentiment étrange et envahissant de se sentir petit. Si petit dans ce monde immense et inconnu. Etranger à ce qui, hier encore, paraissait si familier.

Iel regarde sa main encore humide, prend le temps de détailler les lignes de sa paume avant de glisser un doigt sur le contour de son visage.

L'arête saillante de son nez, ses pommettes hautes et marquées, l'angle brute de son menton sous le relief délicat de ses lèvres, le cartilage souple de ses oreilles. Iel sent le tissue rêche de ses vêtements sur sa peau et l'air chaud qui s'infiltre par les interstices. Et soudain, c'est comme se réveiller d'une nuit agitée dont persiste encore des images incongrues dont on s'étonne d'avoir pu les croire vraies.

Iel sourit en levant la tête vers le bleu du ciel et inspire à plein poumon l'air poussiéreux de la cité-monde.

La rue n'a pas changé, vide et ordonnée. Brièvement, Iel hésite à repartir en arrière, reprendre la venelle vers le boulevard, s'enfoncer plus avant dans la ville pour chercher ces lieux qu'iel n'a vu qu'en image. Mais les branches ondulant sous le vent l'intriguent comme la possibilité, même infime, de retrouver le chat. Parce qu'iel en est certain : quelque part, la grille s'arrête.

Iel enroule alors la lourde écharpe autour de sa tête, couvrant la masse hirsute de ses cheveux sable puis se met en route le long des barreaux.

Pas à pas, iel remonte lentement la ligne dessinée de la lourde clôture s'étirant comme à l'infinie. Barreau après barreau, comme une échelle couchée.

De l'autre côté, les arbres ondulent lentement sous le souffle chaud de la cité, camaïeu de vert, laissant parfois place à de longues étendues d'herbes jaunies ponctuées de-ci, de-là par une roche ou par le tracé sableux d'un chemin.

Et tout contre l'océan de verdure, la rue. Toujours lisse et plate.

Deux bandes grises entourant l'asphalte sombre de la route sur laquelle Bo ose enfin hasarder quelque pas.

Pas après pas, dépasse tour à tour la forme arquée d'un banc, la silhouette carrée d'une borne-carte, l'oblong d'un distributeur d'eau ou encore la masse élancée d'un arrêt-bus.

Autant de vestiges échoués dont l'utilité lui échappe encore si souvent, commun et mystérieux. Titien lui en avait bien dit quelques mots mais les explications du robot lui sont restées aussi opaques que leur sujet. Aucune question n'avait semblé suffisamment pertinente pour mériter autre chose qu'une remarque acerbe sur son impatience. Pourtant, iel avait passé des heures à fixer le défilement des lettres sur les écrans, à explorer millimètre par millimètre les surfaces et à attendre immobile que quelque chose se passe.

Iel avait fini par laisser tomber, un peu triste à l'idée que probablement, personne ne saurait jamais plus les utiliser.

Lentement, iel poursuit son chemin, traversant les silhouettes étalées par le soleil, chahutant la poussière et le sable.

Derrière la grille, le rideau vert se fait plus dense. Soudain, au détour d'un coude, à hauteur d'une petite place en demi-cercle où s'abouche une voie plus large, une lourde arche de brique rouge interrompt l'enchaînement régulier des barreaux.

Bo s'avance à pas lents vers le centre de la place ponctuée d'un arbre au large tronc noueux qui déploie son ombre bien au-delà de la chaussée. Iel se laisse tomber à son pied, profitant de la fraîcheur offerte. L'écorce lui paraît sèche, rugueuse sous ses doigts tandis qu'iel en trace pensivement les sillons.

Au-delà de la route, le large portique de pierre dresse fièrement son fronton sculpté, exhibant ses entrelacs blancs dont s'échappent des mains et des visages. Entre ses pieds, le passage est barré d'une ligne de tourniquets métalliques. Au-dessus du vide, pend le cadrant inanimé d'une horloge.

Une impression de déjà vu l'envahit alors qu'iel lève les yeux vers la frise. Bo fronce les sourcils, se concentre, mais les pensées s'enchaînent sans parvenir à reconstruire un souvenir. Les figures déformées dans un appel désespéré et les longs doigts arachnoïdes pointés vers le centre de la place ne lui laissent qu'une sensation malaisante. Iel détourne hâtivement le regard.

Peut-être était-ce un autre endroit. Une autre frise. D'autres visages et d'autres mains.

Sur le mur de gauche un rappel, le parc ferme à 19 heure. Bo lève la tête vers l'horloge pourtant conscient que ce temps-là s'est arrêté. Que se passe-t-il alors à 19 heure ? L'inquiétude monte, morcelant déjà sa détermination à retrouver le chat. Iel secoue la tête, sa main se pose sur la barre transversale du tourniquet central, d'une poussée iel la sent se dérober sous ses doigts avant de revenir dans un claquement sec.

Iel marche lentement le long d'un chemin bordé d'épais bosquets. L'arche a disparu depuis longtemps déjà, se perdant sous les couches de feuilles et de branches. Le souvenir même de la grande arcade et de sa place en demi-cercle paraît lointain et flou. Incertain. Comme si, peut-être, cela n'avait jamais été.

Son cœur bat de plus en plus fort alors qu'iel avance pas à pas sur le chemin de terre, s'enfonçant toujours plus loin.

Au début, Bo a eu peur de se perdre mais cette idée a vite disparu. Pour se perdre, encore faut-il aller quelque part.

Iel lève la tête vers le ciel toujours bleu qui peine à se faire voir au travers des futaies. Iel n'a jamais vu autant de verts. Même sur certaines avenues pourtant richement plantées.

Il y a quelque chose d'étrange ici, Bo ne sait pas dire quoi. Comme une démangeaison, là, quelque part, dont on ne trouve pas l'origine. A la fois insistante, fugace.

Iel se sent aveugle et sans recours, sous le joug d'une invisible menace qui l'incite à ralentir un peu plus à chaque pas. Dans sa poitrine, son cœur bat la chamade. Il faut qu'iel se calme. Iel ferme les yeux et inspire profondément. Son dos heurte l'écorce plus brusquement qu'iel ne l'aurait souhaité. Les nœuds du bois s'enfoncent dans le cuir du par-dessus tandis qu'iel se laisse aller contre le tronc.

Un goût métallique dans sa bouche et le bruit sourd dans sa poitrine et ses oreilles éclipsent un instant le bruissement des feuilles.

Et puis soudain, iel comprend.

La cité-monde.

Son souffle chaud et rugueux du sable sur les pavés de pierres brunes a laissé place à un chuchotement végétal dont le bruissement s'amplifie jusqu'à parfois devenir plainte. Où est passé la ville ? Bo rouvre les yeux et s'écarte de l'arbre. Sous ses yeux, tout n'est qu'enchevêtrement de bruns, d'ocres et de verts. Aucun toit ne perce au-dessus des futaies. Aucun mur ne se laisse deviner au milieu des ramures. S'iel ne l'avait pas quitté depuis peu, iel douterait même qu'elle existe.

Les branches ondulent doucement dans le vent, dévoilant de part et d'autre du chemin, les profondeurs du sous-bois. Ici tout paraît mouvant et dense, étouffant, prêt à se refermer inexorablement sur Bo. Iel a envie de faire demi-tour, de retrouver la simplicité des couloirs de béton, d'acier et de verre. L'horizon limité d'habitudes.

Iel inspire profondément puis se force à expirer lentement. Encore mal à l'aise, iel reprend la sente de terre sèche qui cahote lentement vers le halo éblouissant d'une ouverture.

La chaleur s'étale, implacable et saisissante alors qu'iel s'extrait des frondaisons. Bo cligne des yeux en retrouvant le ciel et son disque d'étain.

Une plaine bosselée de plaques herbeuses roussies par le soleil, coupées en deux par une large allée blanche étincelante, s'étire nonchalamment vers l'étendu scintillante d'un lac enjambé d'étroits ponts de planche. Par endroit l'herbe disparaît complètement, dévoilant une terre poussiéreuse et craquelée. Quelques arbres esseulés ponctuent l'éclat luisant d'une ombre timide. Iel n'a jamais vu d'endroit comme celui-là, pas même sur les photos de Titien.

Personne.

Pas même un chat.

Évidemment.

Pourtant, le silence paraît plus épais ici. Presque bruyant. Envahit de souvenirs. En fermant les yeux, iel distinguerait presque les chahuts d'enfants, le cri d'un maître à son chien, les éclats de voix du groupe assis dans l'herbe, ce couple qui chuchote un peu à l'écart… Toutes ces vies vécues sans doute, sans question. Tous unis dans la simplicité d'une après-midi au parc. Loin de l'idée que cela pourrait ne plus être.

Et là où la ville lui semblait vide, le parc lui paraît abandonné.

Iel s'étonne presque de ne pas trouver de fantôme. Le cœur serré, iel rejoint l'allée dont le sol crayeux blanchit ses chaussures un peu plus à chaque pas. Iel fixe l'eau scintillante au bas du chemin.

Le bruit râpeux des gravillons raisonne dans la plaine. Iel se sent infime et sans importance sur cette étendue écrasée de soleil, si loin de la ville.

Le vent s'intensifie tandis que la berge s'approche. Iel quitte le sentier pour s'engager sur la pente qui descend doucement vers la berge. Son corps raide et pataud l'agace. Iel glisse à plusieurs reprises, dérape et s'enfonce dans la glaise meuble, arrache des touffes d'herbe en tentant de maintenir son équilibre pour finalement basculer sur l'avant et se rattraper in extrémiste, juste avant l'eau.

La surface étincelante se fripe, s'irisant de mille éclats éblouissants. Le souffle court, encore tremblant, iel prend le temps de s'asseoir et fixe les écorchures sur la paume de sa main. Les gouttelettes écarlates enflent puis se percent, glissant sur sa peau.

Bo soupire. Iel n'aurait jamais cru que le parc fut si grand.

Les événements de la nuit lui paraissent loin et son espoir de retrouver le chat si naïf. Sur la rive qui lui fait face, un bosquet bigarré dessine un amas touffu percé d'un dôme d'ardoises si noires sur le bleu du ciel.

L'eau est froide sur sa peau.

Iel écarte les doigts sous la surface cristalline, chahute les volutes pourpres qui disparaissent lentement dans le courant, l'emportant loin d'ici, dans un souvenir sans image, sensation énigmatique d'un déjà-vu nébuleux. Iel se concentre en baissant la tête, laissant ses doigts jouer dans la texture veloutée de l'eau. Iel cherche l'éveil d'un sens qui attiserait l'évocation et s'accroche à l'intuition brève d'une présence, à l'émotion simple qui monte, dessinant un sourire sur son visage. Iel devine des bruits et des odeurs, le contact délicat de la peau d'un autre sur sa propre peau. Sa main s'engourdit dans l'onde glaciale du lac.

Soudain, quelque chose dans la surface fluide attire son attention. Là, quelque part sur sa gauche, comme un remous contradictoire. Puis, de nouveau, un bruit. Là. Dans l'eau. Bref, court, rond. Un bruit de chute.

Iel lève la tête. A quelque mètre, le halo s'étend doucement d'anneau en anneau.

Iel n'a pas le temps d'y réfléchir davantage que cela recommence, cette fois plus proche. Quelques gouttes retombent sur sa manche, brunissent le cuir là où elles le touchent. Bo lève le bras pour observer mais avant qu'iel ait le temps de quoi que ce soit un nouvel éclat l'atteint. Iel fait quelque pas en arrière, dérape sur la rive humide, fixe les alentours.

Le feuillage s'agite sur l'autre rive, quelques brindilles tombent sur la surface liquide. Bo fronce les sourcils. Un éclat gris et brun fuse derrière les branchages. Iel va crier mais tout est déjà fini. Seules les brindilles qui s'entrechoquent en dérivant lentement demeurent.

Iel se lève, jambes tremblantes et souffle court, incertain de ce qu'iel vient de vivre. Dans son dos, la plaine est toujours vide, indifférente à son agitation.

Rejoindre le pont lui prend beaucoup plus de temps qu'iel ne l'aurait cru.

Par prudence, iel a rapidement abandonné la berge pour le sable poussiéreux du chemin, mais l'allée s'étend encore et encore, serpentant de-ci, de-là entre les aplats d'herbe jaunie, nourrissant l'impression que la plaine ne finit jamais. Chaque bosse en cache une autre qui elle-même se termine dans un creux tandis que la ligne verte qui sépare le sol du ciel s'épaissit.

La sueur goutte sur son front, le long de son nez et de ses pommettes, rappelle ses journées d'errances dans la cité-monde. Le bitume éblouissant sous le feu solaire, ses parois abruptes et lisses sous le souffle caressant du vent.

Il y a quelque chose d'étrange dans ces souvenirs.

Comme un flottement, une langueur. Les images se mêlent en un bourdonnement sourd imprécis et divers, qu'iel peine à ordonner.

Bo passe une main sur son front, chasse la sueur qui lui goutte dans les yeux. Le pont se tient là, sous ses yeux, enjambant la nappe glauque dont s'échappe de longues herbes plates à l'aspect tranchant.

Iel fait un pas sur le pont avant de se figer et longe du regard la rive plantée d'arbres dont les branches tombent jusque dans l'eau.

Est-il vraiment raisonnable de chercher au milieu des bois un être mystérieux qui lui jette des pierres ?

L'ombre tranche brutalement avec la chaleur de la plaine, iel en aurait presque froid. Iel plisse les yeux, cherchant à distinguer un chemin au travers du sous-bois où les longues silhouettes végétales lui paraissent soudain comme une foule hargneuse.

Quelques pas hésitant l'amènent vers un versant abrupt et glissant où les racines à nu dessinent des marches. Iel se lance péniblement dans la pente, se concentre sur ses fragiles appuis, s'agrippant çà et là aux branches et aux troncs, s'appuyant parfois à même le sol.

Un pied après l'autre, dérapant par endroit sur les mousses séchées, iel se hisse laborieusement jusqu'au premier aplat. Ses jambes tremblent et l'air brûle sa gorge tandis qu'iel s'arrête pour reprendre son souffle, une main sur l'écorce recouverte de lichen. Iel lève péniblement la tête, grimaçant dans cette lutte pour retrouver du calme.

La douleur dans son corps réveille d'autres douleurs. D'autres souvenirs. Iel pourrait presque entendre les encouragements récités tant de fois par Titien. Ce ton autoritaire si propre à la machine, presque cruel dans ce moment de torture imposé d'une simple directive sans appel. Trente minutes de la journée se doivent d'être consacrées à « la préservation de la santé ». C'est comme ça.

Iel sourit en s'appuyant de tout son poids sur le tronc. Combien de fois a-t-iel fini en nage au milieu de la pièce, les poumons en feu, le corps meurtri par la répétition de gestes absurdes dictés par le robot ? Le programme *Entretien 1*, comme l'appelait Titien s'alternait jour après jour avec *Entretien 2*, ne se différenciant l'un de l'autre que par la fréquence des répétitions de chaque type d'exercice. Une fois par semaine, selon un rythme qui lui avait toujours échappé, le programme du jour était remplacé par *Renforcement 1, 2* ou *3* ou par Récupération. En dehors de ce dernier qui consistait essentiellement en un temps de repos contemplatif rythmé par un décompte qui semblait vouloir organiser sa respiration, Bo avait toujours détesté ce moment. L'intensité de l'effort et la souffrance qu'elle induisait lui paraissait absurde et aucune explication du robot n'avait pu justifier tant de peine.

Pourtant, fébrile et chancelant contre la souche, le corps élancé d'une sourde douleur, bousculé par les grandes inspirations qu'iel tente de s'imposer, les battements de son cœur envahissant le silence ambiant, Bo touche du doigt le plaisir fugace de se sentir être.

Au-dessus de sa tête, le bleu du ciel paillette la canopée d'étoiles scintillantes, jetant au sol de timides rayons. L'air frais remue les fragrances du sous-bois. Sous la montée d'une joie nostalgique, Iel se sent soudainement leste. Iel en oublie presque l'objet de son périple. Alentours les bois s'arrangent en camaïeu brun grimant à l'infinie le long de la pente qui s'adoucit progressivement.

Iel ferme les yeux, laisse une raie de lumière lui chauffer les paupières, ferme les doigts sur les reliefs rugueux de la souche.

Et puis… une idée comme un bruit soudain.

Quelque chose à changer, iel ne sait pas dire quoi.

Tout bascule sous l'inquiétude qui s'impose, saisissante. Iel ouvre les yeux.

Tout est calme pourtant. Presque trop peut-être.

Les grands arbres restent cois. Le silence se met à peser, diffusion l'impression d'être observé, épié, deviné. Comme si chaque ombre portait en elle un regard.

Que fait-iel là ?

Son souffle s'accélère imperceptiblement et le goût métallique laissé par l'effort revient piquer sa gorge. Là, à droite, iel croit deviner un mouvement. Imperceptible, pernicieux. Le bruit d'un frottement. Et cette tâche brune là-bas… Bo ne pourrait plus rien affirmer.

Iel fait quelque pas en arrière, s'arrête, le corps tendu, prêt à s'enfuir en courant.

Les Fantômes

Iel attend. Des secondes qui deviennent des minutes.

Rien ne bouge, pas même les branches. Iel se relâcherait presque. Mais soudain, une forme s'extrait lentement du relief d'un tronc. Si lentement qu'iel aurait pu ne pas la voir. La peur l'éperonne. Iel se précipite en arrière, se jette dans la pente. Ses pieds s'emmêlent et glissent, se prennent dans une racine.

Iel dévale le coteau sans savoir quelle partie de son corps touche encore terre et avant de heurter brutalement le sol au pied d'un arbre. Iel tente de se remettre debout, de repartir en courant. Ses membres gémissent et se crispent de douleur. Dans son dos, le bruit d'une course.

Iel veut se retourner pour voir mais le sol l'attrape à l'entrée de la plaine. Le souffle court, Bo lève les bras devant son visage. Ses talons tracent d'épais sillons dans la terre meuble alors qu'iel tente de se blottir dans les entrelacs d'un tronc. Une ombre se découpe dans l'éclat éblouissant du ciel. Iel sent la sueur le long de sa nuque.

— Walden te voit !

Des sons qu'iel n'attendait pas. Iel met du temps à comprendre qu'il s'agit de mot. De mots qui font une phrase. Iel plisse les yeux, cherchant à distinguer ce qui se tient là, sous ses yeux.

— Walden te voit !

Un regard opalescent sous une masse hirsute tirant sur le blanc le fixe avec intensité tandis qu'une bouche étroite s'étire dans un nouvel élan de joie.

— Walden te voit ! Walden te voit !

Bo ne comprend pas, hésite, ne sait pas quoi dire.

— Qui... qui est Walden ?

Le visage sourit, dévoilant des dents jaunies.

— Tu ne sais pas ? Tu ne cherches pas Walden alors ?

Bo secoue la tête, interdit. Les yeux se plissent en un masque songeur au regard déserté.

— Hum... Qui est Walden ? Mais moi ! C'est moi Walden !

Il s'agite un instant puis se fige, un air soudain suspicieux hante son regard.

— Et toi ? Qui es-tu toi ?

— Je...

Iel sent le poids de cet autre qui le scrute immobile, attentiste, bousculant les mots qui jaillissent dans un cri.

— Bo ! Je m'appelle Bo !

Le faciès se tort dans une grimace.

— Bo ? Walden ne connaît pas de Bo. Mais peut-être Ralph....

Bo reste coi, ne sachant qu'ajouter à ce qui sonne comme une allusion. De nouveaux mots se précipitent, brusquement, recouvrant le doute d'une fermeté suspecte.

— Les inconnus viennent de la ville, et la ville n'aime pas Walden.
— Pour... pourquoi ?
— Tu n'es pas de la ville ?
— Je...

Pris de cours, Bo réfléchit. D'où vient-iel ?

— Y a-t-il autre part ?

Les yeux s'ouvrent grand tout comme la bouche. La main qu'on lui tend est sèche et calleuse. Iel sent la traction remonter bras puis épaule, ses fesses quittent le sol tandis qu'une paume frotte ses vêtements. Combien de temps a-t-iel désiré ce moment ? Iel n'a pas le temps d'y penser davantage que le petit ermite claudique vers le tronc dont il vient d'émerger. Un humain. Qui parle, qui regarde, qui touche. Iel sent l'idée le bousculer.

— Viens ! Walden te montre.

Le babillage sonore du vieillard se perd dans les feuillages.

Bo avance comme iel peut sur les chemins de traverse où caracole Walden. Iel se sent gauche dans son corps, ridicule à côté du vieillard qui se faufile au milieu des troncs et des pierres, porté par une mélopée ininterrompue dont Bo peine à comprendre ne serait-ce qu'un mot. L'écart se creuse, petit à petit, inexorablement. Iel a beau demander, Walden ne ralentit pas, comme oublieux de sa présence, perdu dans sa geste dont l'écho déforme les sons et gonfle l'emphase.

La fatigue lui obscurcit l'esprit. L'agitation cède peu à peu, se fond dans un ronronnement ouaté, lointain comme un fil tendu qu'iel continue à suivre, guettant chaque pas pour ne pas tomber.

Lorsqu'enfin la haie de tronc s'ouvre sur le bleu du ciel, Walden est perdu depuis longtemps. Bo cligne des yeux éblouis. Sous ses yeux, l'océan vert ondule doucement sous la brise, se cassant net sur le rivage gris des immeubles de la cité, étincelants sous le soleil.

En plissant les yeux, iel peut deviner des formes émergentes de-ci, de-là.

— Tu vois ?

Bo sursaute. Iel en a presque oublié que pour une fois quelqu'un est là. Dans son dos, Walden est assis sur une souche, la bouche serrée, le regard fou.

— Les gens de la ville viennent de là. Arrêt parc, descente à droite.

Ils entrent et sortent matin et soir, un par un, comptés, décomptés, pas le droit de rester. Dernier appel à 18h50. 19h le parc ferme. On vide. Les gardiens veillent. Tous les jours. Ouverture, fermeture, sortez ! Sortez tous ! Mais Walden est resté. Et Henry et Ralph aussi. Et d'autres encore que Walden ne connait pas. Cachés dans les arbres, sous les rochers, dans la grotte. Walden ne les voit plus. Avant oui mais… où sont-ils ? Bo sait peut-être ? As-tu vu Ralph?

Noyé sous le flot de mots, Bo lutte pour mettre bout à bout les idées, comprenant à peine qu'on lui pose une question. Le poids de l'espoir dans le regard suspendu de l'ermite et la tristesse qu'iel devine si proche tombe comme un poids sur ses épaules. Sa gorge se serre sur sa propre question. Mais avant qu'iel ait le temps d'esquisser le début d'une réponse, Walden se détourne et se lève. La peau de son visage se tire en une grimace nerveuse tandis qu'il s'anime de nouveau.

— Avant les gens venaient. Ils voulaient parler, discuter, convaincre. Ils voulaient que Walden écoute. Eux. Eux, ils n'écoutaient pas. Et puis ils se sont perdus. Et ils ont cessé de venir. Parfois encore, quelqu'un. Et puis les gardiens sont venus. Plus nombreux. Ils voulaient ramener Walden et les autres dans la ville. Que chacun prenne place. Ils disaient que c'était le mieux pour tout le monde. Mais où est le monde maintenant ! Ils restent entre eux, dans la ville. Chacun dans leur coin, l'horizon obérée de petits plaisirs mesquins. Dans leurs petites boîtes. Perdus dans la fatuité de leur propre existence. Ils ont oublié ! Tss ! Tout oublié ! Pathétiquement idi…

— Mais Walden… la ville est vide.

Il s'arrête net.

— Vide ?
— Il n'y a plus personne dans la cité.
— Comment ?
— Les rues sont vides.
— Alors ça y est ? Ils ont oublié.

Les yeux fixent sans voir tandis que l'écho de la phrase se perd dans le souffle rauque du vent. Un constat sans appel qu'iel ne comprend pourtant pas malgré les larmes qui lui viennent. Iel fixe le vieil homme, empêtré dans des morceaux de question qu'iel ne sait pas formuler.

Le visage ridé s'affaisse et le corps se replie sur lui-même imperceptiblement. Bo tend vers lui une main timide puis fait un pas sans provoquer aucune réaction. Iel se mord la lèvre, inspire doucement avant de murmurer délicatement.

— Walden, qu'ont-ils oublié ?
Le vieil homme lève à peine la tête.
— Bo, Ralph, Walden, le dehors. Ils ont oublié même qu'il y avait une vie dehors… que c'était la vie.
— Dehors ?
— Dehors ! La vraie vie ! Celle où on vit ! Celle où les choses sont vraies.
L'intensité du désespoir l'ébranle sans pourtant prendre sens. Iel se sent aveugle à cette évidence que Wailden lui présente. Le vieillard avance doucement vers le vide et prend sa tête entre ses mains.

Sa voix tremble tandis qu'il reprend ignorant tout de son malaise.
— Walden savait que ça arriverait. Il l'a dit. Encore et encore. Il l'a répété, toujours, encore. Il l'a redit quand on est venu le chercher. En boite il n'y a plus d'homme. C'est cette idée. Horrible mais séduisante. Plus de souffrance, de douleur, pas même une petite difficulté. Accéder à tout ce que l'on souhaite. Contenté encore et encore, toujours, tout le temps, tout de suite. Mais la boite tue les gens. Elle les gave d'une félicité mirifique, illusoire. Elle endort ce qui vit encore en eux, les laissant dépérir doucement dans leur songe. Le mirage d'une vie dédiée à la vacuité d'une croyance. Qu'a-t-on fait….

L̲e toit de toile ondule doucement dans le souffle vespéral, laissant par endroit, subrepticement voir le ciel embrasé par la fin de journée. En équilibre sur le bord d'un bidon rouillé, Bo se tient raide et mal-à-l'aise, en équilibre sur une fesse, essayant de suivre du regard la silhouette voûtée du vieillard qui s'agite nerveusement au milieu du fatras. Iel ne comprend pas un mot du babillage décousu qui sort de la bouche de l'ermite.

Dans la pénombre, iel devine des empilements d'objets qu'iel n'est pas sûr de savoir reconnaître. Iel ne sait pas comment ils sont arrivés là. Iel se souvient de la tristesse et des larmes qui piquent les yeux, de son cœur piqué par des mots qu'iel ne comprend pas, étouffé par l'évidence d'un drame dont iel devine qu'il ne lui est pas totalement étranger sans pourtant réussir à lui redonner vie.

Iel a beau reprendre un à un les mots, quelque chose lui échappe toujours. Et puis le silence et le froid. Le soleil qui plonge doucement sur la cité-monde et Walden qui prend son bras, les guidant à travers les arbres, vers un repli rocheux.

Un bâillement secoue la torpeur. Iel se sent lasse. Son corps lui fait mal.

Iel a froid et sa peau tire par endroit. Tout autour, la construction vacillante de planches et de cartons lui fait penser aux cabanes que font les enfants dans les lectures du soir de Titien.

Walden tourne en rond dans la pièce encombrée sans plus lui accorder d'attention, remuant la poussière, dérangeant des piles pour en former d'autres. Il saute de trouvaille en trouvaille. Iel ne sait même pas s'il se souvient qu'iel est là. Par instant, il se fige, affichant un masque songeur face à l'objet qu'il tient en main, puis le visage se tort et les yeux blanchis reprennent leur ballet nerveux. Bo voudrait l'interrompre, mais iel n'ose pas.

Iel ne sait pas quoi dire.

Des débuts de phrases naissent dans sa tête avant de se dissoudre. Iel se sent si loin de lui, si différent.

Sont-ils vraiment tout deux des hommes ?

La carcasse osseuse du vieillard se plie, se déplie, se tort, se tourne, s'étire puis se contracte sous sa chemise de toile râpée. Un pantalon encore beige tombe sur ses hanches laissant deviner la peau diaphane. Ses cheveux blancs ternis par la poussière et la sueur battent l'air au rythme de ses mouvements, retombant en mèches épaisses sur ses épaules, dessinant de nouvelles ombres sur un visage tout en creux, faisant disparaître par instant l'ivoire de ses yeux. Les longs doigts éloignent parfois les boucles avant de retourner explorer les boites et sachets. Il extirpe finalement deux récipients de plastique dans lequel il verse un liquide glauque et visqueux. Il tire alors une caisse qui racle le sol dans un crissement qui s'étire et raisonne au creux de la cabane, prenant des allures de hurlement. Il tend à Bo la coupe improvisée puis saisit la sienne des deux mains avant de boire une longue gorgée.

Bo hésite, fixe le breuvage opaque qui colle aux parois crasseuses de l'écuelle.

Iel lève la tête, tombe sur Walden qui le dévisage. Quelque chose s'est durci dans son regard.

— Qui t'as envoyé ?

Bo fixe Walden sans comprendre. Le visage s'est fermé, les yeux bleus le scrutent, soudainement suspicieux.

— Pe… personne.

La voix se crispe, devient tranchante.

— Pourquoi es-tu là alors ?

Bo ne sait quoi répondre. Iel ne sait pas. Pourquoi est-iel entré dans le parc ?

— Je…

— Ne mens pas ! Walden n'oublie pas ! Walden sait ce que sont les gens

de la ville !
Le ton devient de plus en plus dur, inquisiteur.
— Je ne retournerai pas là-bas. Jamais !
— Je… Walden, je…
Bo lève les mains. La boite lui échappe, tombe au sol. Le liquide se répand, formant une flaque luisante au reflets moirées. Walden est déjà debout. Bo glisse le long du bidon, trébuche, se cogne contre le métal. Iel s'écorche la main sur le rebord rouillé en se redressant, éclabousse son pantalon en glissant sur la terre humide, lève un bras vers l'homme qui domine déjà.

Les mots se pressent sans sortir. Iel bafouille.
— Je…. personne. Qui aurais pu m'envoyer ? Je… j'étais dans la ville, sans personne.
— Que faisais-tu, toi sans personne dans la ville ?

Le ton monte, le presse tandis qu'il s'approche encore. Iel ne sait plus quoi dire, par où commencer, iel ne voit même pas ce qu'iel pourrait expliquer.
— Je ne sais pas… je… j'étais là, je te jure, juste moi… je ne sais pas comment… pendant longtemps. Et puis. Je. J'ai… Je ne sais pas. Quelque chose s'est passé. Là-bas. Dehors…

Iel hésite a parler de la fille, de la Tour 8, de la nuit. Iel a honte. Honte de sa crédulité, de tout ce temps perdu. Comment a-t-il pu, jour après jour, répéter encore et encore les mêmes choses sans se rendre compte de l'absurde ! Sans même se poser de question !

Iel se raidit à cette idée. Ce n'est pas vrai. Iel a posé des questions. Beaucoup de questions même sans jamais avoir de réponse. Comment a-t-iel pu accepter les réponses sibyllines de Titien. Pourquoi n'a-t-iel pas su donner plus de poids à ses doutes. Anticipant toujours une colère qui n'est pourtant jamais venue. Sensible à ce qu'iel pensait alors être une forme de clémence pour ses égarement. Mais fâche-t-on un robot ?
— Qu'est-ce qui s'est passé ?

Iel retrouve le regard furieux de l'ermite, hésite de nouveau. Que peut-iel dire ? Iel sent bien que Walden ne croit pas à son histoire. Mais soudain le visage se fige et s'intensifie.
— Adam? C'est Adam !
— Non… Je… Non.
— Ne mens pas ! Adam n'aime pas Walden, il n'aime pas que Walden résiste, il dit que Walden est fou. C'est lui n'est-ce pas ?

Les yeux fous du vieil homme et son agitation pathétique prennent soudain toute la place. Si seul, lui aussi. Dévoré par un passé que sa propre amnésie

lui épargne peut-être. Son corps se relâche d'un coup tandis qu'iel se redresse.
— Walden. Je ne sais pas qui est Adam. Je te l'ai dit, il n'y a personne dans la cité. Elle est vide. Enfin je… je crois. Depuis que les machines se sont arrêtées, je n'ai vu personne. La solitude est tout ce que je connais.
Les mots lui serrent le cœur. Qu'en est-il de cette solitude maintenant ? Le visage de son aîné s'est suspendu.
— Comment as-tu trouvé Walden alors ?
— Mais c'est… c'est toi. Tu qui es venu à ma rencontre.
Le regard de l'ermite s'égare davantage dans l'incompréhension.
— Je n'ai fait qu'entrer dans le parc. Je ne savais pas où aller. J'ai marché.
— Tu ne savais pas où aller ?
Bo baisse la tête. Le bol renversé au sol, les empreintes de ses chaussures sur le sol terreux de la cabane déjà en partie recouvert de poussière, le sang qui suinte de l'éraflure de sa main et autour d'eux, des monceaux de plastique et de métal.
— Je ne savais même pas qu'il y avait un parc.

Le sol est dur sous son corps malgré l'épaisse couverture qu'iel a enroulé autour de son corps. Une racine affleurante appuie douloureusement sur son côté droit, l'empêchant de se tourner davantage. Iel fixe l'éclat d'une étoile qui filtre au travers d'un défaut du bois.

Iel sent la lassitude et la fatigue dans ses membres, dans sa tête. Les mots et les images défilent et se mêlent tandis qu'au-delà, l'ombre efface les traits du gourbi encombré. Sa chambre lui semble comme un autre monde. Iel peine à la croire encore là quelque part, dans une des rues de la ville, en-dehors du parc, probablement pas si loin d'ici. Une pièce qui abrite encore quelques objets qui sont les siens à côté du robot endormi, immobile dans son coin.

Une autre vie.

Tout ce chemin.

Le souffle rauque du vieil homme vibre à ses côtés. Il y a quelque chose d'étrange dans l'idée qu'un autre est là, couché, « à côté ». Walden paraît si différent de ce à quoi iel s'attendait. Mais à quoi s'attendait-iel au juste ?

Iel se sent autre ici, dans cet ersatz d'abris traversé par le vent. Entre deux tas de débris. Sa gorge se serre. La pensée creuse comme un vide étrangement familier. Le même qu'au début, juste après son réveil sur l'asphalte ébène de la route. Avant qu'iel ne s'oublie dans le lent défilé des jours, le ton impératif mais rassurant du robot accompagnant chaque instant.

Ce même robot qui, iel s'en rend compte maintenant, ne répondait jamais à ses questions. Comme si elles ne se posaient même pas. Et ce malaise, cette sensation de décalage. Comme l'intuition d'une indicible disparition. Un manque. Une absence. Étouffante. Quelque chose d'introuvable malgré des recherches effrénées dans sa tête comme dans les rues abandonnées de la cité. Et soudain, iel se souvient de la colère, de la tristesse, des pleurs et des cris, de rêves qu'on étouffe, d'envies sans mot, de besoins sans image, absurdes presque douloureux. Iel se revoit courir dans les rues ou en boule dans un coin de la chambre, les mains sur les oreilles pour échapper aux injonctions éducatives de la machine. Iel se souvient de sa propre hébétude face à Titien. Et puis, petit à petit, iel se souvient aussi de la crainte.

La crainte des reproches injonctifs d'abord. De cette manière si particulière d'invoquer l'évidence, de donner des ordres impossible à ne pas suivre. Des ordres sans question. Surtout sans rébellion. Que se serait-il passé si iel avait osé ?

Puis la crainte s'était muée en présence. Celle rassurante de cette voix qu'iel avait appris à aimer, puis cet étrange confort de la répétition, l'apaisement d'un lieu devenu familier. Alors iel avait craint de perdre.

Mais de perdre quoi ?

Iel s'en rend compte aujourd'hui, il n'y avait pas grand-chose d'autre à perdre qu'une illusion.

Iel s'assoit sur la paillasse. L'étau sur sa poitrine se resserre davantage. Iel se force à inspirer profondément, à prendre le temps de laisser descendre l'air dans ses poumons, repoussant son diaphragme, gonflant son ventre. L'image de Titien répétant les consignes s'impose brusquement, coupant net ses efforts. Iel repousse la couverture et se met péniblement debout, se précipite ensuite vers la sortie. Iel se glisse maladroitement par l'ouverture exiguë de la porte, percutant au passage une caisse dont le contenu se déverse plaintivement sur le sol.

L'air frais du dehors cueille Bo par surprise, faisant frissonner la peau nue de son torse. Iel met un instant à s'ajuster à l'obscurité bien plus épaisse qu'iel ne l'aurait cru. L'idée saugrenue que la nuit s'accompagne toujours de la douce clarté des dalles luminescentes s'évapore, raillant une fois encore sa candeur.

Pourquoi éclairer un parc qu'on ferme la nuit ?

Iel fait quelque pas vers l'ouverture rocheuse et l'orée du bois. Au-dessus de sa tête, les grands arbres ondulent sous le vent, masquant partiellement le croissant lunaire dans son étendue d'obsidienne. Iel devine le départ du chemin sur sa gauche.

La terre douce et chaude de la clairière se mue en un chaos pierreux sous la peau tendre de ses pieds nus. Iel hésite à revenir vers la cabane mais le calme serein de la nuit l'attire un peu plus en avant sur la piste.

Le voile ouaté des ténèbres l'accueille, l'enveloppe. Les yeux grands ouverts, iel s'use à distinguer ne serait-ce que la clarté d'une écorce dans le sous-bois invisible. Iel ne voit bientôt plus rien, se cogne dans les troncs et les racines en tâtonnant de ses membres gourds. Iel regrette son manque d'attention à l'aller mais aussi, et surtout, ce corps si longtemps délaissé. Ce corps maintenant tendu, alerte, affolé par les milliers de signaux qu'il croit percevoir. Ces sensations si longtemps ignorées sur lesquelles, faute d'image, il ne peut s'empêcher de projeter le pire. C'est un fourmillement à droite, un frôlement à gauche, la trop pleine conscience de la nudité de son torse et de la délicatesse de ses pieds habituellement cantonnés au confort protecteur du cuir. C'est le chuchotement du vent qui devient une voix ou le froissement des feuillages qui se meut en prédateur. Bo halète, les bras tendus vers l'avant, cherche un appui sur le bois rugueux. Iel progresse pas à pas dans un fracas qui lui paraît assourdissant. A bout de souffle, iel finit par fermer les yeux. Iel se concentre sur ce dont iel croit se souvenir, sur l'image simplifiée d'arbres sagement alignés dominant un sol brun et lisse ponctué de roche moussue.

Petit à petit son souffle se fait plus régulier, son pas plus assuré tandis que sa main apprends à distinguer les troncs du granit, les feuilles d'une branche basse de celles des buissons d'épineux. La douleur de ses plantes de pied se change en une sensation diffuse de cuisson plus supportable. Iel sent le chemin se courber vers le haut en une pente raide, l'obligeant à davantage d'effort dans l'univers aveugle riche de nouvelles sensations. Le parfum ténu du sous-bois, la douceur de la mousse contre sa paume, le frottement soyeux de la terre sèche et poussiéreuse à chaque pas, le picotement de l'air dans son nez et sa gorge à chaque inspiration, le frisson de sa peau dans sa gangue de ténèbres. L'enveloppe obscure vibre sous l'effort et se mue peu à peu en une coquille chaleureuse, presque réconfortante en tout cas protectrice.

Le croissant de lune émerge soudain des futaies, dessinant les contours d'une clairière. Bo fait encore quelques pas pour atteindre un large rocher dont le sommet lui semble plat. Sous ses pieds l'herbe sèche remplace les aiguilles.

La pierre est lisse et tiède sous ses doigts. Iel se hisse doucement à sa surface et s'assoit. Bo lève la tête vers la voûte céleste. Ici, si loin des lumières de la cité, elle lui semble plus vaste, plus profonde. Infinie. Là-haut, au-dessus de sa tête. Un court instant iel se sent de nouveau minuscule face à l'immensité d'un monde prêt à l'engloutir. Un monde dont iel sait maintenant qu'iel ne connaît rien. Les paroles de Walden lui reviennent. La gravité dramatique de sa voix. Sa colère et sa tristesse aussi. Si éloignées de celles qu'iel peut ressentir. Pour la première fois, Bo se rend compte qu'iel n'a jamais songé à tous ceux qui ont disparu. Iel n'a toujours pensé qu'à sa propre personne. Tributaire d'une mise à l'écart, du rejet dans un mode vide, sans un mot, sans une explication, à peine l'attention d'une machine. Une punition. Dans le fond, iel n'a jamais envisagé que ce puisse être un hasard ou même une chance. L'alternative à un destin tragique.

Iel revoit l'entrelacs éclatant de la cité-monde, les hautes statues, les larges verrières, les places colorées, les façades lisses et blanches des boulevards. Toutes ces rues vides dont le pavé n'est plus battu dorénavant que par le vent, la poussière et le sable. Et par Bo. Témoin sans mémoire de l'aboutissement d'un déclin.

Iel se laisse aller vers l'arrière, coule son dos nu contre la tablette de granit. L'idée monte doucement, l'envahit petit à petit. Son corps se relâche, un sourire se dessine sur ses lèvres. Alentours les arbres ondulent doucement dans le souffle nocturne. L'obscurité creuse des formes étranges entre les troncs. Iel se plaît à y deviner des êtres venus peupler ce monde éteint. Et pour la première fois depuis longtemps, iel se sent enfin paisible.

Iel n'a plus besoin d'un sauveur.

2

Iel est dans sa chambre, sur le sol.

Iel savoure les courtes minutes qui précèdent l'appel du matin. Mais le temps passe et rien ne vient. Peut-être la sirène s'est-elle enfin éteinte. Les lueurs de l'aube colorent peu à peu la pièce, projettent des fleurs rosées sur ses paupières fermées. Iel fronce les sourcils, gardant les yeux obstinément clos et sert contre son ventre la couverture thermostatique. Iel grogne et se tourne sur le flanc, s'enroule autour de la masse douce et tiède. Brutalement, celle-ci se déroule d'un bond et un membre griffu s'en échappe, fouettant l'air dans un chuchotement rageur.

Bo se redresse d'un coup, les yeux grand ouverts, porte la main à son ventre. La pièce a disparu, laissant place à l'arène végétale qu'iel peine à reconnaître. Sous ses doigts, une sensation de cuisson diffuse lentement.

Iel cligne des yeux, luttant pour émerger du sommeil. Un feulement sur sa droite attire son attention. Le chat se tient là, tendu sur ses quatre pattes, la queue et le poil dressé, le fixant de ses yeux jaunes dans une attitude de défis. Surpris, Bo se repousse à l'opposé. Sa main effleure le vide tandis qu'iel manque de tomber, se rattrapant aux aspérités de la roche. L'animal crache de nouveau dans sa direction. Iel inspire profondément, tente de se détendre, de rester immobile. Iel espère que cette fois, l'animal ne partira pas.

Un craquement sonore traverse la clairière. Iel n'a pas le temps de tourner la tête que le chat bondit du rocher pour disparaître entre les arbres dans un froissement de feuille et de branche. Bo soupire, un point de déception dans le cœur. Iel lève doucement la main de son abdomen douloureux, découvrant trois petites lignes rosées dont le sang suinte par endroit.

La douce lumière du matin s'étale sur l'étendue sableuse de la clairière. Iel se demande si Walden s'est aperçu de son absence. Iel suit du regard l'orée du bois dont la ligne régulière tait l'accès au sentier qu'iel sait avoir suivi jusqu'ici. Iel se laisse glisser au bas de son rocher. Sur sa droite, iel remarque un petit monticule au sommet duquel une planche est dressée. Cinq lettres noires, raides et hésitantes qu'iel peine à déchiffrer. Bo se souvient des images de Titien quand il lui parlait de la mort et des cimetières d'autrefois. Iel revoit les longues rangées de pierres blanches, éclatantes au milieu d'étendues fleuries, d'allées tirées au cordeau, de dalles lisses, de sculptures. Ces endroits aujourd'hui disparus pour laisser de la place aux vivants. Bo ne se souvient pas qu'on lui ait expliqué ce que deviennent désormais les morts. Un peu comme si mourir n'était plus envisagé. Pourtant, quelqu'un est mort ici. Iel fixe le panneau, presque triste, saisit par la dureté brutale de cette réalisation soudaine.

Quelqu'un est mort. RALPH. Le nom lui dit quelque chose.

— Bo ?

La voix de Walden raisonne dans la clairière suivie du frottement de l'herbe sèche.

— Bo ?

Iel tourne la tête pour trouver la silhouette nerveuse du vieil homme qui se hâte dans sa direction. Iel esquisse un sourire à l'idée qu'on ait pu s'inquiéter de son absence. Titien semblait toujours savoir où iel était.

Sa voix tremble tandis qu'il s'approche.

— Pourquoi Bo sourit ?

Son regard s'arrête sur la tombe et son visage se fige en une grimace étrange, indéchiffrable, inquiétante.

— Walden ?

Immobile, l'ermite semble hésiter, ses yeux d'opales fixés sur le vide, capturé dans un échange muet dans lequel s'alterne stupeur et rage. Iel anticipe l'éclat de colère irrationnel qui va suivre mais aussi la suspicion et les accusations que Walden n'écarte jamais vraiment, comme une parade nécessaire au doute. Iel voudrait pouvoir dire un mot pour le ramener dans le présent mais quelque chose l'en empêche. Une tristesse sourde, comme le poids de ce mort qui repose si proche d'eux.

Un poids aussi lourd que ces questions qu'iel ne sait comment poser mais dont iel comprend qu'aucune réponse ne se trouve ici. La conscience de ce qui les unis l'engloutie. Iel ne voit plus l'autre avancer, le corps soudain gonflé d'aigreur furieuse, iel n'entend pas non plus les mots qu'il éructe saisi dans les semblants de certitudes qu'il a cru se construire.

Comme Bo, Walden résiste jour après jour au questionnement d'un monde absurde qu'il habite malgré lui.

Le vent chahute les boucles sable de ses cheveux, ramène quelques mèches sur son visage. Du pied d'un arbre au sommet de la plaine principale, iel fixe la surface scintillante du lac en contre-bas. Iel ne sait pas pourquoi, mais c'est ici que le parc lui paraît le plus vibrant. Walden lui a dit qu'avant, c'était un lieu pour se retrouver et cela éperonne son imagination.

Iel a envie d'y croire.

Penser que quelque part, ailleurs dans la ville, d'autres survivent dans les ruines. Iel ne peut pas croire qu'ils sont seuls. Et cette idée grandit, pousse, l'excite.

Peut-être en sauront-ils davantage ?

Iel pense aussi à cet homme dont parle Walden. Cet autre dont le nom aiguise la suspicion et la peur dans le regard nivéen du vieil homme.

Adam.

La vision de Walden s'affairant là-bas dans sa cabane s'impose. Bo ferme les yeux. Walden qui fait, défait, refait, déplace en un sens, remet en un autre, arpente ces sentiers mille fois parcourus, se débat et s'agite pour trouver de quoi vivre encore un peu. Toujours à la recherche de ceux qu'il est certain d'avoir perdu sans plus savoir comment.

N'a-t-iel pas, à sa manière, fait pareil ?

Quelque chose se tort dans sa poitrine. Une douleur sourde à faire gémir. Sans trop comprendre pourquoi, iel se sent triste.

Ce qui va suivre ne lui plaît pas.

L'idée de s'arracher à cette présence enfin retrouvée déchire Bo. Mais la perspective de rester coûte plus encore. Iel le sait. Si iel n'a pu consentir à retourner dans son bloc d'habitation, iel ne pourra pas plus supporter l'horizon des grilles du parc.

Jour après jour, les questions échappées par la brèche s'insinueraient davantage, attisant le malaise comme la frustration. Iel se sent déjà à l'étroit entre les planches disparates et les piles hasardeuses d'objets, malhabile dans ce corps retrouvé qui lui paraît disproportionné.

Iel embrasse la plaine du regard. Le soleil déjà haut dans le ciel éclabousse l'herbe jaunie d'un halo d'irréel. Un peu plus bas, le chat nonchalant, étendu de tout son long dans la poussière brûlante, lève sur lui ses yeux d'agate.

L'indifférence feinte du félin ne trompe plus. L'esquisse d'un geste et l'animal détalera vers les fourrés ne laissant pas même le temps de faire un pas.

Iel se mord la lèvre, devine déjà un autre regard peser sur ses épaules. La tristesse écrasante dans les yeux du vieil homme. Impossible d'y échapper. Iel le sait.

Iel hésite un peu, passe une main dans ses cheveux. Attendre ne l'épargnera pas. Attendre ne fait qu'exciter son désir d'ailleurs.

Quelques pas suffisent pour atteindre le sentier en bas de la butte. Iel se presse, l'inquiétude aiguillonnant l'envie de retrouver la grille. Comme si maintenant qu'iel sait vouloir partir, le parc pouvait se refermer sur eux. Comme si l'entrée pouvait avoir déjà disparue ou même n'avoir peut-être jamais existée.

Iel court presque sur le chemin de terre et d'aiguilles. Le ciel bleu éclatant et son disque d'or blanc encore haut dans le ciel. Quelle heure est 19 heure à présent ? Le parc ferme-t-il encore ? Les arbres tracent au sol le maillage serré d'un grillage. Le souffle rauque et les poumons en feu, iel débouche enfin sur la clairière rocheuse. Iel s'arrête, tend l'oreille. Walden est là, quelque part. Iel entend le ronronnement des marmonnements ponctué du cliquetis d'objets qu'on déplace. Que se passerait-il si iel s'éclipsait sans rien dire ? S'en apercevrait-il vraiment ? Peut-être se questionnerait-il brièvement, pressé par un souvenir fragile et fugace qui se dissoudrait bien vite. Iel en est sûr. Walden ne garderait rien. A peine l'impression d'un oubli.

Iel repousse doucement la toile tendue devant l'étroite ouverture, avance précautionneusement, alerte face aux empilements qui l'entoure. Une boucle métallique heurte la cagette tandis qu'iel saisit son par-dessus et ses bottes.

— Où vas-tu ?

Bo n'a pas besoin de se retourner pour deviner l'air contrit du vieillard. Iel ne veut pas répondre. Que pourrait-iel dire de toute façon ?

Ils se connaissent à peine. Iel ne lui doit rien. Et pourtant. Iel ne peut pas nier le gouffre que l'ermite a ouvert. La tentation bien trop grande de se perdre dans une routine quotidienne, dans le contact d'une voix, d'un regard. Mais c'est aussi pour cela qu'iel ne peut pas rester.

Peu importe ce qu'iel trouvera ailleurs, rester serait plus terrible encore.

— Bo ?

Iel baisse la tête, inspire profondément, se concentre sur ses lacets.

— Je dois partir.

— Partir ?

Le silence pèse un instant. Iel s'emmêle dans son nœud, s'agace avant de

lâcher la cordelette emmêlée.
— Je ne peux pas rester ici.
Bo se relève, fixe un instant le vêtement dans sa main repoussant le moment de croiser le regard livide du vieil homme.
— Tu m'as dit qu'il n'y avait plus rien en ville.
— Ici non plus il n'y a rien.
Le visage se crispe en un rictus douloureux.
— Il y a moi.
Les mots ne sont qu'un souffle, Bo douterait presque qu'il les ai vraiment prononcé.
— Excuse-moi.
Iel se mord la lèvre, gauche. Un instant passe sur le visage du petit ermite. Tant d'émotions contradictoires. Le silence de nouveau. Iel passe nerveusement une manche après l'autre, luttant contre le cuir rigide. L'ombre du vieillard glisse hors de la masure.

Bo inspire profondément, iel sait que c'est le bon choix. Ses bottes impriment de larges empreintes dans la poussière lorsqu'iel se décide enfin à sortir. Iel devine Walden sur sa droite, appuyé contre une plaque de tôle, le regard blanc, fixé sur le vide, tout entier à sa lutte intérieure.

Tristesse ou colère.
— C'est Adam n'est-ce pas ?
Iel hésite à répondre. A quoi bon. Un simple non lui échappe. Le visage hésite, se tord, se concentre puis blêmit. Un gémissement presque inaudible s'échappe des lèvres crevassées.
— Tu mens… tu mens… depuis le début tu mens…
Bo fait quelque pas tandis que derrière lui la voix enfle et s'affirme pour venir hurler les suspicions devenues certitudes.
— Pourquoi ! Que t'as fait Walden pour que tu le voles comme cela ?
— Qu'est-ce qu'il t'a promis.
Iel n'écoute plus. Iel se retourne une dernière fois avant que les bois n'engloutissent le vieillard. Ce qui suit, iel le connaît déjà. Le corps tendu vers un poing levé, Walden écarlate laisse éclater sa rage.

Iel voudrait pouvoir dire que non, dire que la vérité est tellement plus simple, qu'iel n'a besoin de personne pour vouloir partir, qu'iel est capable de faire ses propres choix et que ceux-ci n'ont peut-être rien à voir avec Walden. Mais les mots qui feraient comprendre n'existent pas et les éructations dramatiques du vieil homme l'éloignent toujours un peu plus vers la ville.

Iel déglutit péniblement, accélérant la cadence en passant sous le couvert des épineux. Iel passe sa langue sur ses lèvres, se surprend à les trouver salées.

Iel n'a pas senti les larmes couler, iel ne se souvenait pas qu'iel pouvait pleurer.

Iel marche. Encore et toujours. Droit devant. Le sable poussiéreux crisse sous ses pieds. Au-dessus de sa tête, le ciel encore et toujours bleu, comme une fenêtre étroite inexorablement ouverte sur un inaccessible ailleurs.

Iel déglutit en fixant l'horizon de l'intersection qui approche, exacerbant le malaise qui s'est installé depuis le claquement sec du tourniquet de sortie.

Retrouver la ville n'est pas si évident. Les larges artères qui lui paraissaient si ouvertes la veille, l'oppressent tandis qu'iel sursaute à chaque modulation dans l'écho de ses pas.

Iel s'arrête un instant au milieu du carrefour. Où aller maintenant ?

La lassitude tombe sur ses épaules, presse sa poitrine, alourdie ses pas. Iel pense à Walden dans sa cabane de planches et de cartons, là-bas dans sa forêt sous couvert de grillage. Le souvenir d'une silhouette simiesque capturée dans son quotidien lui revient en même temps que les heures passées à contempler les aller-venus d'animaux désœuvrés dans des plaines abandonnées. Un zoo avait dit Titien. Bo n'avait pas bien compris s'il s'agissait d'images réelles ou d'un film. Le robot avait simplement mentionné des réserves pour les animaux estimés incompatibles avec l'urbanisation du monde. L'idée de lieu sans ville lui avait alors paru incongrue, surréaliste. Pourtant, là-bas au milieu du parc, la cité avait bien disparu.

Mais pour laisser place à quoi ?

Une sensation encore plus étrange que le vide ou l'absence.

Et tout ce temps, à espérer quelqu'un. Pour quoi ?

Les élations furieuses du vieil homme comme ses radotages vindicatifs ne lui ont laissé que des questions sans apporter de réponses. Walden n'en savait pas vraiment plus. A peine de quoi dresser le tableau disparate d'un monde disparu parcouru de loin en loin par l'écho fantôme d'une époque révolue, d'un mirage.

La rue s'abouche à un large boulevard aux parvis découpés en trois voies parquetées serpentant entre des jardinières d'arbustes. Leurs feuilles évasées oscillent doucement sous le souffle de la cité-monde, leurs long bords découpés comme de longs doigts cajoleurs saluant sa présence. Iel hésite un instant et choisit un chemin, avance lentement sur le ponton de bois. Iel connaît cette avenue, iel l'a déjà parcourue sur toute sa longueur, détaillant ses contre-allées les unes après les autres. Iel sait que s'iel continue un peu plus vers l'avant, d'autres plantes au feuillage plus épais remplaceront celles-là avant de devenir des arbres, que les chemins se rejoindront pour fusionner de nouveau et que s'iel poursuit encore suffisamment loin, après l'escalier de pierre blanche, iel atteindra la place d'état.

Iel n'est pas sûr d'avoir envie d'aller là-bas. L'esplanade elliptique et son empierrage en damier lui a toujours semblé étrange. L'impossible assemblage d'angles et de courbes lui donne le vertige.

Un reflet mouvant sur la surface d'une vitre retient son attention. Iel se fige immédiatement et se recroqueville comme pour se cacher derrière les feuillages épars avant de lever la tête.

Là-haut, au dernier étage de l'immeuble, une fenêtre vient de s'ouvrir.

Immobile, Bo a plaqué la masse dégingandée de son corps sur le plancher incurvé de la promenade médiane, incapable de prendre une décision. L'incongrue de la situation l'interpelle. Après tout, les fenêtres ne sont-elles pas faites pour s'ouvrir ? Pourtant, iel a beau chercher dans ses souvenirs, iel ne voit rien de comparable au carré obscur de l'ajour apparu, comme un gouffre prêt à l'engloutir.

Iel peine à se remettre debout. Ses genoux vacillent et tremblent, hésitent sous ce premier pas.

Rien ne bouge.

Pas une voix pour l'appeler ou l'alpaguer. Personne n'apparaît pour s'accouder au garde-fou.

Iel se tient là, face à l'édifice.

Les grandes baies encadrant la porte d'entrée miroitent doucement sous la lumière du soleil. Un pas après l'autre, iel vient appuyer son visage sur la surface froide, les mains en coupe autour de ses joues, fronçant les paupières pour en distinguer l'intérieur.

Iel sursaute en rencontrant deux yeux qui plongent dans les siens, scrutant son visage dans l'ombre poussiéreuse. Iel trébuche en reculant précipitamment, se rattrape sur le dos d'un banc. Le bruit sourd des battements de son cœur cognent dans ses oreilles.

Iel inspire profondément, s'interdit face à l'obscurité de la vitre. A ses côtés, la rue baigne dans la lueur tranquille de l'après-midi, éblouissante sur la surface irisée du carreau, indifférente à son émoi. Iel fait un pas, fixe l'étendue lisse à la recherche d'un mouvement.

Sous ses doigts tremblants, le verre est encore humide. Rien ne bouge dans le dessin vaporeux qu'iel devine au travers. Finalement, iel ose un regard plus appuyé, suit la ligne d'un carrelage gris et froid autour d'un tapis sans couleur qui plonge dans la bouche noire d'un couloir. Iel retient sa respiration en levant les yeux. Le reflet d'un visage aux aguets scrute ses hésitations sous une masse informe de cheveux, nuage cotonneux enveloppant les creux sombres des orbites.

Iel soupire, entre déception et soulagement.

La porte s'ouvre dans un craquement de métal, chahutant la poussière. Il fait presque froid dans la pénombre du hall. Sur le mur de gauche une rangée de boites plastiques numérotées comme iel en a déjà vu plein ailleurs, dans d'autres halls si semblables à celui-là. Des boîtes à colis. Bo n'a jamais bien compris à quoi elles pouvaient servir.

De quoi peut-on avoir tellement besoin pour nécessiter de se le faire apporter comme cela ?

Titien lui a parlé d'objets, de jeux, de bijoux, d'art, mais rien ne lui a semblé suffisamment nécessaire pour valoir la peine d'une telle démarche.

Iel s'enfonce plus loin dans l'entrée, vers le couloir et l'escalier. Iel grimpe un étage, puis un autre. Chaque pallier comme le précédent. Iel hésite, cherche l'image de la fenêtre ouverte dans sa mémoire. La lumière blanche des plaques lumineuses du plafond lui ferait presque oublier qu'il fait jour et chaud, là-bas dehors dans les rues vides de la cité-monde.

Iel halète en atteignant une nouvelle plate-forme.

Où en est-iel ? Quatre ? Cinq peut-être. Bo se rend compte qu'iel ne sait pas, pas plus qu'iel ne sait vraiment où iel va.

Ici comme ailleurs, les étages se ressemblent. Pas même un numéro sur un mur. La porte lui fait face, du même rose pâle que les précédentes. Iel tord sa bouche en une moue hésitante avant de se tourner pour reprendre sa course.

Une volée de marche recouverte d'une épaisse moquette blanche l'arrête dans son élan. Iel lève la tête plus haut, constate que le molleton étincelant se poursuit sur le palier. Iel fronce les sourcils, doute un instant puis avance un pied qui s'enfonce dans un bruissement soyeux. Iel saisit la rampe, se tire vers l'avant, osant à peine s'appuyer sur son pied pour engager le suivant. Iel grimace en pensant à sa semelle poussiéreuse sur l'immaculé du tapis. Ses mains moites laissent une trace sur le laquée de la rambarde. Iel a l'impression de marcher sur du coton, que le sol va s'ouvrir ou l'aspirer.

La porte lui semble plus large, rivetée d'argent. Iel n'en a jamais vu de semblable. Pas même au Palais Cité quand Titien guidait encore ses escapade à travers la ville. Ses doigts s'enroulent autour de la poignée tandis qu'iel guette un bruit de l'autre côté. Iel n'entend que le frottement rauque et hasardeux de sa respiration.

La porte se dérobe dans un souffle feutré, inondant de lumière le pallier, l'obligeant à plisser les yeux.

La pièce est étonnement large et dégagée pour un cube d'habitation. Le sol d'obsidienne s'étire d'un mur à l'autre, d'un noir profond, presque mouvant, qui lui rappelle les eaux du fleuve à la tombée de la nuit. Iel aurait presque peur de s'y noyer. Deux marches descendent vers une large baie en panoptique plongeant sur un enchevêtrement végétal. A droite, deux banquettes de cuir encadrent une table basse au plateau de verre. Un peu à l'écart, face au mur de pierre bleue, un fauteuil et un bureau de bois lustré dans lequel iel devine l'écran tactile d'une console.

Iel s'avance vers la fenêtre, se laissant captivé par les bruissements de la canopée. Sa main laisse une trace sur la surface lisse. Deux murs blancs se dressent de part et d'autre d'un jardin, percés de fenêtres argentées réfléchissant l'ombre frémissante aux allures de marée. Un mouvement attire son attention. Iel plisse les yeux, essaie de deviner l'origine de la perturbation sous les frondaisons.

— Que fais-tu ici ?

Bo sursaute. La voix est grave, impérieuse et tranchante. L'homme se tient debout dans l'encadrement d'une porte apparue dans le mur de gauche. Droit, les épaules larges tirant sur une veste marine boutonnée d'or, le menton levé dans une attitude autoritaire. Un visage lisse et doux encadré de cheveux bouclés noirs et courts. Presque rieur si ce n'est l'éclat de glace et d'acier dans ce regard braqué sur lui.

— Je t'ai posé une question.

Iel se tourne, entrouvre les lèvres pour amorcer une réponse avant de s'interrompre. Quelque chose dans les yeux de l'individu l'intimide. Iel esquisse un pas vers l'arrière, rencontre la vitre et le vide derrière elle. Son cœur s'emballe.

— Tu ne sais pas parler ?

Sa gorge se serre alors qu'iel tente d'articuler un son sans forme qui ressemble davantage à un râle. Iel se force à inspirer profondément, retient une grimace au passage de l'air sec. Les pas claquent un à un sur la pierre. Réguliers, comme un compte à rebours sur le sol d'ombre. Un sourire goguenard se dessine sur le visage inconnu. Son calme apparent l'étrangle, affole au creux de son ventre un désir de fuite.

Iel se rétracte davantage contre la surface de verre, imaginant un instant la vitre cédant sous son poids, la liberté immédiate, et la seconde infinie qui maintiendra son corps, enveloppé de soleil, moulé dans l'air vibrant de la cité, suspendu entre ciel et cimes avant de plonger dans l'océan végétal. Un autre claquement l'arrache à l'éclat implacable des pupilles.

— Je...

Sa voix raisonne, rauque, maladroite, hésitante mais réelle. L'autre s'est arrêté à hauteur de la première marche. Iel se redresse un peu, retrouve de la contenance.

— La porte. Ça n'était pas fermé. J'ai pensé...

L'homme le fixe un instant, dubitatif puis son visage se fend, laissant échapper le son cristallin d'un éclat de rire. Simple, presque enfantin. Son corps se relâche. Iel hasarde un pas vers l'avant, abandonnant le tracé confus de sa main et de son dos sur la vitre tandis que l'autre se laisse tomber au bas des marches.

— Qui es-tu, toi qui prends encore le temps d'ouvrir une porte ?

L'aplomb familier de la voix l'étonne, suspend la réponse qui lui vient comme la question qui lui brûle les lèvres. La phrase se dissout dans le silence, à se demander si elle était vraiment pour Bo. Le regard se tourne vers le meuble en bois au-delà des banquettes.

— Tu ne vas pas me le dire n'est-ce pas ?

Une main presse la façade amovible, en sort un petit objet blanc et long qu'iel n'a encore jamais vu, en caresse la surface polie puis tourne de nouveau l'hiver de ses yeux sur sa présence.

— Commençons donc par cela.

Trois enjambées suffisent à résoudre la distance entre eux. Son regard tombe sur les boutons dorés alignés sur le fond marin qui lui rappellerait presque la nuit. Iel veut reculer mais une main musculeuse saisit son bras. Iel le tire contre son torse alors qu'on le relâche déjà. Un bip sonore retentit et l'objet s'allume. Un sourcil se lève tandis que la voix énonce dubitative :

— Blaise Oblat, immersus 327, locus 4, quartier cyan.

Bo ne comprend pas. Iel fixe les traces rouges sur son poignet, là où les doigts l'ont saisi.

— Ça n'est pas à côté ça !

Les pas résonnent de nouveau sur le sol de pierre et l'objet glisse sur le plateau dépoli de la table. Iel fronce les sourcils et se tourne vers l'autre.

— Blaise ?

Un sourire narquois se dessine sur les lèvres fines et l'élan moqueur de la voix.

— Tu ne sais pas ?
Quelque chose se serre dans son ventre. Le silence plane un instant entre eux comme l'écho d'un doute qui l'empêche encore. Mais là, au fond de son cœur, iel sait les mots avant même qu'ils ne soient dits.
— C'est toi.
La peau de son poignet brûle. Iel ferme les doigts en un poing, laisse échapper un souffle.
— Non.
— Et pourtant…
Un éclat moqueur répond à sa dénégation viscérale. Naïve. Enfantine. Et pourtant iel s'accroche à sa certitude, comme on s'accroche à un souvenir précieux. Comme pour s'empêcher de sombrer. Iel oscille un instant entre honte et hargne. Le sursaut de la colère monte dans sa gorge. Sa voix se brise en écho tranchant.
— Non ! Je… non. Bo. Je suis Bo.
L'homme l'inspecte un instant dubitatif.
— Bo ? Ce n'est pas un nom ça ! Où as-tu été chercher ça ?!
— Je… Titien. Titien m'appelle comme ça et Titien sait.
— Titien ? Intéressant. Où as-tu trouvé une unité professorale en fonctionnement ?
De nouveau le silence. Iel a l'impression de se débattre dans un brouillard épais, de sentir le sol se dérober pas après pas sous ses pieds. La tête lui tourne. Iel passe une main sur son visage, ferme les yeux et inspire profondément.
— Mais d'où sors-tu toi ?

Le molleton du divan enveloppe ses cuisses et son dos, colle le tissu raidi de ses vêtements sur sa peau. De l'index, iel trace nonchalamment la ligne de couture des coussins.
Blaise.
Le nom tourne en rond dans sa tête. Encore, et encore, sans sens et sans écho.
Blaise.
Bo ne sait pas quoi faire de ce mot qui l'encombre. Comme s'il pesait lourd. Le poids d'une vie dont iel ne se souvient pas. Comme un étranger en soi-même. Son regard se noie dans l'obscurité mouvante du sol.
Blaise.
Bo qui voulait tant savoir, ne sait pas quoi faire de cette annonce. Peut-on perdre une vie ? L'oublier ? Peut-on devenir autre au point de ne plus être soi ?

Blaise Oblat.
    Etait-iel déjà Bo ? Iel soupire, laisse tomber sa tête sur le dossier du canapé. Le plafond s'étend comme une page blanche bordée par le bleu des murs. Les pas raisonnent un peu plus haut sur sa droite, quelque part au-delà d'une porte. Un verre vide est posé sur la table, à portée de main. Au-delà, la mer végétale frémit doucement sous le ciel bleu. Iel passe une main sur son visage, puis dans la masse hirsute et poussiéreuse de ses cheveux. Le chuintement d'une paroi qui s'ouvre ramène la présence derrière lui.
    — Viens.
Iel tangue un peu en se levant, ses jambes hésitent, raides et tremblantes. La porte se ferme derrière eux dans un claquement sourd tandis qu'ils retrouvent le moelleux blanc du pallier. Sans un mot ils atteignent un autre étage, traverse un autre couloir au mur crème et aux portes closes. Ils marchent un moment, longeant les couloirs, descendant des marches pour en monter d'autres. Sous ses yeux, la veste marine plisse à chaque pas, l'absorbant dans la contemplation des jeux d'ombre sur la toile bleue et le tracé du corps qu'iel devine en dessous. On ouvre une porte, encore et le ballet s'arrête.
    — Entre là. Il y a tout ce qu'il faut.
Iel lève un regard hébété sur l'espace qui vient de s'ouvrir puis sur son guide. Iel hésite. Iel voudrait parler, poser des questions, comprendre, mais les mots ne viennent pas, juste ce nom qui sonne étranger à ses oreilles. Iel fixe, le visage de l'autre, l'angle de sa mâchoire et son sourire en coin. Iel va ouvrir la bouche, laisser sortir un son, mais la voix le coupe déjà. Plus tard ! Iel expire l'air qu'iel ne se souvient pas d'avoir retenu si longtemps.
    — Regarde-toi ! Tu ne ressembles à rien... Laves toi au moins... Je viendrais te chercher.
La pièce est étroite entre ses murs de pierres bleues. Une cloison sépare l'espace de repos du bloc d'hygiène. A droite, l'écran d'une console est encastré dans le mur. Face à la porte, la baie vitrée réglementaire laisse entrer la lumière.
    Un cube d'habitation. Semblable à tant d'autre. Fonctionnel.
    Comme sa chambre dont iel douterait presque qu'elle soit encore là, quelque part. Peut-être pas si loin d'ailleurs. Cette chambre qu'iel ne retrouvera probablement jamais et qui n'est déjà plus la sienne, mais dans laquelle iel peut presque s'imaginer être.
    Iel laisse glisser au sol son par-dessus et défait un à un les boutons de sa chemise avant d'ôter ses chaussures. La boucle de sa ceinture résiste un instant sous ses doigts. Ses pieds nus effleurent le revêtement souple et lisse,

comme une caresse sous ses plantes éraflées, laissant des traces brunes sur le sol clair de l'espace sanitaire. Iel s'étonne de rencontrer son visage dans le reflet de la console. Cela fait bien longtemps que dans sa chambre celle-ci n'est plus qu'une fenêtre aveugle et noire dans laquelle iel joue à se deviner au gré des reflets offerts par le jour.

Iel passe une main sur son front, chahute les cheveux collés par la sueur, brouille les sillons de poussière qui sinuent le long de son cou. D'un doigt iel effleure l'écran, révélant les pictogrammes de choix. L'eau ruisselle doucement du plafond en une fine pluie tiédissante, glissant le long de ses épaules, sur son dos et son ventre, s'écoulant en longues traînées noires sur les dalles grises. Iel soupire en fermant les yeux, laisse les images revenir en une mosaïque invraisemblable. Iel sent la peau frissonner sous les gouttes, les muscles de son dos se relâcher.

Iel soupire. Une vague lassitude accompagne la fatigue qui monte d'un coup. Si loin du regard qui l'a arraché à son quotidien. A nouveau iel ne peut s'empêcher de se demander si cette rencontre était réelle et si peut-être elle l'a vraiment attendu quelque part. Mais les questions se perdent presque aussi vite qu'elles sont venues, noyer dans sa morosité.

Ça n'a plus d'importance à présent.

Peut-être que cela n'en a même d'ailleurs jamais eu. Peut-être attendait-iel juste un signe, pour sortir du sillon tracé des jours. N'importe lequel. Le fracas régulier raisonne dans l'espace confiné de la cabine tandis que l'eau cascade sur ses cheveux, traçant le contour de ce corps dégingandé dont chaque membre lui semble peser si lourd.

Iel pourrait tout oublier ici, derrière le champ hydrofuge de la douche, entre ces parois de pierres grises.

Oublier la cité-monde si vide au dehors et le mystère oppressant qui la hante.

Le bruissement des arbres, le raclement du sable et l'écho du vent dans les rues désertes.

Les yeux de cette fille, la colère de Walden et le dédain vaniteux d'Adam.

Blaise Oblat qu'iel ne connaît pas et Titien qui ne savait pas tout finalement.

Et le chat.

Le flot s'interrompt d'un coup laissant place au vrombissement sonore de la soufflerie de séchage. Iel se retourne et écarte les bras sans même y penser. Les affaires abandonnées sur le sol ont disparu et ses chaussures ont été rangées à côté de la porte. Iel fronce les sourcils et fouille la pièce du regard, mais le cube est vide. Aussi vide qu'à son entrée. La couchette recouverte de sa couverture, la baie vitrée ouverte sur la ville, les murs bleus et le sol tiède sous ses pieds nus. Iel frissonne et serre ses bras contre son torse soudain conscient de sa nudité.

Iel trouve une chemise propre et blanche, un pantalon et une veste cyan dans le casier à droite de la console, comme avant, quand Titien était encore là. La coupe est droite, stricte, un peu trop serrée à son goût. Iel n'a pas fini de boutonner le pantalon que la porte s'ouvre dans son dos. Iel sursaute en se retournant. Deux yeux noirs aux reflets d'argent cherchent son regard tandis qu'une voix aux accents mécaniques l'interpelle.

— Atma Blaise, Bonjour.

Le robot qui lui fait face est grand et fin. Un buste grossier reproduisant le dessin d'un uniforme posé sur deux jambes de pistons et muni de grands bras au bout desquels on a reproduit des mains aux longs doigts articulés. Son visage de métal est figé dans une attitude bienveillante autour d'une bouche mimant un sourire. Iel fronce les sourcils sans trouver les mots. Que dit-on à un robot ? Mais déjà la voix se répète l'encourageant à hésiter un bonjour.

— Atma Adam m'a demandé de vous aider.

— M'aider ?

Le rictus immobile sur la face de fer éveille en Bo comme un malaise. Une impression de décalage dans l'apparente humanité qu'on a voulu suggérer sans pourtant lui donner.

— Oui. Que puis-je faire pour vous aider ?

La question résonne étrangement à ses oreilles. Titien ne lui a jamais demandé quoi que ce soit. Titien savait ce qu'il fallait faire et de quoi il y avait besoin, il n'avait pas à solliciter quoi que ce soit de sa part. Le visage se penche tandis que son porteur fait un pas dans la pièce.

— Je peux couper vos cheveux. Atma Adam dit qu'ils sont trop longs.

— Trop longs ?

Iel sent la froideur inquiète dans sa voix et ses épaules qui se serrent vers l'avant.

— Le casque ne tiendra pas.

— Le casque ?

— Le casque de transmission.

La réponse résonne comme une évidence dans la voix du robot. Sans appel et sans explicitation possible. Un truisme appuyant ses propres lacunes. Un souffle d'air s'engouffre par la porte encore ouverte, glisse sur la peau nue de son dos. Le regard attentiste de l'automate attise son inconfort. Iel réalise que malgré tout ce temps passé au côté d'un robot, iel ne sait rien d'eux, ou si peu. Titien n'a jamais rien expliqué et l'idée ne lui est jamais venu de demander. Ses mains s'agitent puis retombent le long de son corps. La porte du cube se referme tandis qu'une main se pose sur la console et tire le tabouret encastré dans son bloc support. Iel se laisse asseoir, envelopper d'une cape. Le silence revient, à peine dérangé du ronronnement de la tondeuse. Iel ne sait plus quoi dire.

Les mèches tombent en amas sur le sol. Iel reste là, peinant à rassembler les morceaux disparates de sa pensée. Le robot se tient droit dans son dos, immobile en dehors des membres mécaniques qui s'agitent autour de sa tête. Les quelques mots de Titien sur la finalité des robots lui reviennent en une question qui lui brûle les lèvres.

— A quoi servez-vous ?
— Je suis là pour aider. J'accompagne, j'assiste et j'exécute.

Le ronronnement s'interrompt, la cape glisse de ses épaules. Un courant froid passe au sol, chahutant les boucles blondes, les chassant inexorablement vers la trappe d'évacuation.

— Où sont mes vêtements ?

Une main se lève vers le casier ouvert.

— Ici.
— Les vêtements que j'ai laissés ici avant de me laver. Mon manteau, ma chemise...
— Atma Adam m'a dit de les recycler.

Iel sent la colère qui monte.

— Mais... Pourquoi ?
— Ils n'étaient pas à votre taille. Et ils étaient sales.

Iel ouvre la bouche pour répondre, s'emporter contre l'absurde de cette décision. L'image des pièces de bois dans la poche intérieure imprime une douloureuse langueur au creux de son ventre. Iel inspire profondément. La colère ne changerait rien. Combien de fois avait-iel grondé après Titien sans que celui-ci ne semble prendre cas de son agacement. Comme s'il ne pouvait pas comprendre. Comme si l'idée même n'avait pour lui aucun sens. Le droïde l'interroge de son air ingénu.

— Voulez-vous que je vous habille ?

La question tombe comme un couperet dans le flot de ses pensées. Son visage se crispe tandis qu'iel secoue la tête.

— Non !

Iel saisit la chemise des mains du robot.

— Laissez-moi. Je n'ai pas besoin de vous. Je n'ai pas besoin d'aide.

Iel fixe la rue en contrebas. Le front posé sur la vitre. Le jour décline depuis un moment déjà, nimbant de rose les façades blanches.

Depuis le départ du robot, personne n'est venue. La porte est restée désespérément close. Iel hésite à s'allonger sur la couchette. S'endormir là l'inquiète. Iel tire sur un pan de la veste cyan, étire le tissu sur son torse pour se couvrir davantage.

Son par-dessus lui manque. Iel se sent presque nu.

L'envie de partir revient. Iel considère un instant le trajet, l'idée de se lever, de pousser la commande d'ouverture du cube, de longer le couloir puis l'escalier, de sortir de l'immeuble pour regagner la nuit.

Et après ?

Iel irait où ?

A force de déambuler dans les rues, peut-être finirait-iel par trouver quelqu'un mais serait-il moins égaré ?

Ce dont Bo a besoin, c'est de savoir et Adam sait. A quoi bon partir alors ?

Même la console est muette. Iel a bien essayé d'y poser la main mais elle lui a opposé un bip strident tout en restant obstinément éteinte. Iel a finalement glissé le long du mur, agrippant ses genoux en se moulant dans l'encoignure. Iel sent la chemise remonter dans son dos, la peau nue contre le relief de la pierre tiède. De l'autre côté de la vitre, la ville s'enfonce dans la nuit.

Combien de fois a-t-iel assisté à ce spectacle assise dans cette même position, dans un autre coin, dans une autre chambre ?

Iel a longtemps aimé cela. Deviner le couloir de la route en contrebas, anticiper l'éclat blafard des pavés, l'avertissement muet des projecteurs de la ligne d'immeuble d'horizon, l'apparition timide des étoiles dans l'encre noire du ciel, le silence engourdi qui laisse imaginer le sommeil à la place de l'absence.

Iel se souvient de ses doutes, de la sensation de manque et l'envie irrépressible d'un contact, d'une main sur son corps, sur sa peau. Iel enroule ses bras autour de son corps, serre plus fort ses genoux contre son torse, luttant contre la rigueur du tissu épais de la veste. L'oblong de son visage se dessine dans le reflet de la vitre.

Depuis combien de temps avait-iel perdu cette image?

Sa propre figure, peu à peu dévorée par la masse hirsute couleur sable et poussière, enfouissant ses oreilles dans un océan de crin, dérobant son regard, atténuant l'angle de sa mâchoire et l'aquilin de son nez. Iel doit bien admettre qu'ils étaient trop longs.
Titien insistait toujours pour les couper avec une terrifiante régularité. En revanche, lui n'a jamais mentionné de casque.
Iel trace du bout des doigts la délimitation nette qu'a laissé la tondeuse puis s'attarde un instant sur la sensation si particulière des cheveux rasés à la base de sa nuque. Iel pense à Adam, à son air hautain dans son costume marine, au ton cajoleur de sa voix et à cette impression répétée que quelque chose lui échappe. Quelque chose qu'iel devrait savoir mais qui n'est pas là.
Iel soupire.
En même temps, que sait-iel vraiment ?
Blaise Oblat. Immersus 327. Locus 4. Quartier cyan.
Même cela, iel ne le savait pas. Et maintenant, iel ne sait pas quoi en faire. Bo laisse sa tête retomber en arrière, fixe le plafond.
Pourquoi n'a-t-iel pas demandé ?
L'idée ne lui est pas venue. Comme une bête acculée et honteuse, iel n'a rien su dire, rien su interroger. Iel espère que la chance n'est pas passée, qu'Adam reviendra comme il lui a promis, que cette fois, il lui laissera le temps.
Les questions montent, s'enchaînent et se mêlent. Celles qu'iel ressasse depuis qu'iel a survécu à la nuit et rencontré Walden, mais aussi d'autres, plus anciennes, qui reviennent. Tous ces pourquoi refoulés auxquels Titien n'a jamais daigné répondre et que le quotidien a érodé jour après jour.

La porte s'ouvre dans un glissement feutré laissant entrer dans l'espace réduit du cube le claquement assourdi des talons et le ton goguenard de sa voix.
— Le lit n'était pas suffisamment bien pour toi ?
Bo entre-ouvre une paupière encore alourdies de sommeil, essaie de se redresser, grimace en tournant la tête. Dehors, le ciel s'éclaircit à peine, éclipsant l'éclat blafard du trottoir. Iel passe une main sur son visage puis sur sa nuque. Les iris glacés l'épient sans flancher. Doit-iel vraiment répondre ?
Iel s'appuie sur le mur pour se lever, grogne en sentant les muscles de son dos se contracter. Iel voudrait s'étirer mais quelque chose dans le regard de l'autre retient son mouvement. Bo se force à expirer doucement, à

soutenir son regard mais l'autre hausse déjà les épaules et se retourne pour rejoindre la porte.
— Viens.
Iel se presse vers la porte du cube où Adam vient de disparaître. Le couloir s'étend de part et d'autre sans qu'iel puisse en voir le bout, ses murs crèmes immaculés dans la lumière crue du néon, percés à rythme régulier de creux bleutés.
— Tu ne mets pas de chaussures ?
Perplexe, Bo baisse la tête sur ses pieds nus sous l'ourlet soigné du pantalon cyan. Ses bottes. Bien sûr. De nouveau, iel se sent maladroit et gauche, inadéquat. Les lacets glissent entre ses doigts gourds. Le silence pesant appuie son malaise et la crainte qu'on ne l'attende pas. Iel se relève d'un bond brusque, percute le chambranle de la porte, manque de tomber en basculant dans le couloir.
— Inutile de te faire mal.
L'autre est là qui l'attend, appuyé nonchalamment contre le mur, le regard mutin. En un instant, iel retrouve les ombres sur le plissé de la veste marine et les couleurs pastel des couloirs qui défilent autour d'eux. Iel aurait envie de demander où ils vont, de se lancer dans ces questions qui ont tourné dans sa tête toute la nuit, mais les mots restent là, suspendus, comme bloqués dans sa gorge. La lumière crue du matin l'éblouit tandis qu'ils émergent dans une large cour boisée cernée d'imposantes façades blanches fenêtrées. Iel suit des yeux le découpé pentagonal du ciel enclos par les toits rectilignes, Iel hésite un premier pas inquiet devant l'immensité étourdissante de ce jardin aux allures d'arène où chaque fenêtre semble cacher un regard. Un peu plus loin, Adam s'est arrêté, un air de triomphe moqueur accroché au visage.
— Que penses-tu de mon segrais ?
Bo cligne des yeux sans oser dire qu'iel ne comprend pas de quoi il parle.
— Tu ne t'attendais pas à cela n'est-ce pas. Tu pensais trouver une banale inter-imm et son canal de refroidissement.
Un souffle, suivi d'un rire grinçant. Une lueur s'allume dans le regard gelé surplombant un sourire aux dents blanches. Un sourire de prédateur.
— J'ai tout fais ici. J'ai fait planter chaque arbre, dessiné chaque allée, détourné la source pour augmenter le débit de l'eau. J'ai même fait venir les oiseaux et certains animaux! Il se retourne en parlant, désignant des mains les futaies. Il esquisse quelques pas sur le sable immaculé d'une allée tracée au cordeau filant vers les bosquets. Il y a de la fierté dans sa voix, un accent écrasant de vanité qui éveille en Bo bien davantage de méfiance que d'admiration.

— Ça t'en bouche un coin einh ?
Iel doit bien avouer que le lieu l'impressionne. Quelque chose entre la masse végétale, la propreté géométrique des lignes et l'enchevêtrement des couleurs. Pourtant rien ici ne déroge aux règles du grandiose autour de laquelle la cité semble bâtie. Tout y est toujours aussi net et propre, dessiné, savamment agencé. Sauf le parc. Brouillon, enchevêtré, agité d'un sentiment d'abandon et de flou, de laissé vacant, de dérive dans le temps. Les yeux de glace se lèvent vers le ciel, agacés.
— Décidément tu n'es pas très loquace.
Sa main glisse sur la couture rugueuse de son pantalon, remonte jusqu'à la poche. Les mots se bousculent dans sa tête sans qu'iel n'arrive à saisir un bout par lequel raccrocher. Iel ouvre les yeux sur les cimes bigarrées piquetées de soleil.
— Pourquoi ne pas avoir rénové le parc ?
Les pupilles se figent et la face se tort dans une grimace perplexe.
— Le parc ? Pourquoi me parles-tu du parc ?
De nouveau ce silence empêché. Iel passe sa langue sur ses lèvres sèches, essaie de déglutir. Ce n'est décidément pas comme cela qu'iel avait imaginé les choses. Iel voudrait revenir au début, écarter les questions de l'autre pour laisser place aux siennes.
— Et qu'as-tu été faire dans le parc d'ailleurs ? Il n'y a rien à voir là-bas !
Le ton de la voix s'est durci imperceptiblement, comme sous le poids d'une réalisation soudaine.
Une porte s'ouvre un peu plus loin sur le mur de droite, laissant passer une tête suivie d'un corps de métal.
— Tout est prêt Atma Adam.
Un sourire éclaire son visage tandis qu'il lève les mains paumes vers le haut, satisfait.
— Ah ! Merci, Zahira. Nous arrivons.
En quelque pas, l'imposante carrure se tient à ses côtés, une main dans son dos pousse déjà vers l'avant.
— Où m'emmenez-vous ?
— Là où tu devrais être.
Iel se laisse guider sur le chemin de sable blanc accompagné du craquement régulier de ses pas sur le sol qui raisonne dans l'épais sous-bois. Ils passent plusieurs allées, longe un ru étincelant qui s'alanguit sous les feuilles évasées des herbacés. Les branches s'agitent là-haut au-dessus d'eux dessinant des ombres sur le sol. Un souffle d'air lui caresse la nuque faisant naître un frisson.

— Qu'allez-vous faire de moi ?

La bouche se tord en un rictus moqueur.

— Pourquoi devrais-je faire quelque chose de toi ?

Bo baisse les yeux sur ses chaussures tachées de blanc.

— Je ne vais rien faire de toi. Je me fiche complètement de toi, tu m'es parfaitement inutile.

— Alors c'est cela n'est-ce pas.

— Quoi donc ?

— Les gens ne vous servent pas, ils peuvent donc disparaître…

— Disparaître ? Mais de quoi parles-tu ? Personne n'a disparu ! Bien au contraire !

Iel s'arrête brusquement, fronce les sourcils, incapable de comprendre ce qu'on vient de lui dire. L'autre poursuit, aveugle à son désarroi.

— Disparaître… C'est Walden qui t'a raconté ça ? Que t'a-t-il dit ce vieux fou ? Que le monde s'effondrait ? J'ai un scoop pour toi. Le monde ne s'effondre pas. Il n'a jamais été aussi bien. Chacun à sa place, dans sa petite boîte. Enfin heureux ! Pas de conflit. Pas de souffrance.

Il s'est arrêté et l'observe, deux éclats bleus dans un océan de doute.

— Quoi, toi aussi tu crois qu'il aurait fallu continuer comme avant ? Laissez les gens se perdre à espérer une vie que la plupart n'auront jamais ? L'égalité est un vœu pieu, incompatible avec ce que nous sommes. Nous voulons toujours plus, toujours mieux, toujours plus facilement. Peu importe ce qu'il faut abandonner pour cela. Fallait-il vraiment laisser l'humanité continuer à se dévoyer ?

— Se dévoyer ?

— Désolé de t'annoncer cela mais, le labeur n'intéresse plus personne. L'inconfort et la frugalité non plus d'ailleurs. Il faudrait être fou pour choisir cette vie plutôt que l'immersion. Mais tu peux bien me faire la leçon, la vie de Walden n'a pas dû beaucoup te plaire pour que tu viennes pousser ma porte comme cela…

Le silence retombe entre eux.

— Pourquoi êtes-vous là vous si tout est mieux ailleurs ?

— Que crois-tu ? Que cela m'amuse d'être ici, entouré de machines ? Moi aussi je préférerais me perdre dans le possible sans me soucier de rien. Allez, ça suffit maintenant, vient !

Les mots sont durs et sévères, comme une réponse à un caprice et cela l'irrite. Iel n'est pas un enfant et la question qu'iel pose n'est pas une curiosité mal placée. Iel sent une main se poser sur son dos, guider souplement vers le porche au bout de l'allée. Le hall est large, haut de plafond, ouvert sur un escalier carrelé de beige qui dessert une galerie lumineuse au bout de laquelle une double porte laisse deviner un sas étroit. Zahira se tient là, debout, un peu en retrait, droite et attentiste, un sourire plaqué sur son visage pastiche. La main dans son dos insiste un peu plus, l'entraînant vers la porte, loin de la lumière réconfortante du hall et de son grand escalier. Iel ralentit un peu, en réactance.

— Ne t'inquiète pas, tu ne resteras pas ici. Nous te ramènerons chez toi dès que possible. Dans quelques jours probablement, le temps de vérifier ton immersus.

— Chez moi ?

Sa voix tremble sous le poids des mots. Chez moi. Iel n'est pas sûr d'avoir compris Parlent-ils vraiment de la même choses ? L'image de la chambre lui revient, la paillasse au sol, la baie vitrée et le robot dans son coin. Combien de fois a-t-iel hésité dans l'appellation de cet endroit. Pourtant c'est bien cela qui vient en premier. Est-ce vraiment là, chez moi?

— Bien sûr chez toi ! Où veux-tu qu'on te mette sinon ?!

Il y a quelque chose de hargneux dans le ton de la voix, comme le début d'une menace.

— Aller ! Avance.

Bo fixe la main dont les doigts se ferment déjà sur son bras, tirent vers l'avant. Iel sent l'hésitation se muer dans un cri, le mouvement brusque de son épaule pour se dégager, le pas vers l'arrière et le regard d'effroi qu'iel jette sur l'autre, sur ce visage où l'agacement devient étonnement. Un autre pas suit le premier, puis un troisième et iel s'élance dans le couloir, dévale le large escalier dans un fracas de caoutchouc et d'halètement rauque.

La porte s'ouvre dans un chuintement tandis qu'iel se jette déjà dans la première allée qui lui fait face. Le sable crisse sous ses chaussures, des branches le frôlent. Dans son dos, on crie des ordres et le sous-bois s'agitent et grognent, amplifiant le bourdonnement dans ses oreilles. Le monde s'est changé en un brouillard opaque où rien d'autre n'importe que de fuir.

Mais fuir où ?

Son corps s'engourdit déjà tandis qu'iel se sent inexorablement ralentir. Le chaos résonne douloureusement dans sa tête, l'empêche de penser. Le ru surgit brusquement à la sortie d'un virage, interrompant sa course d'un lacet paresseux, glissant un peu plus en avant vers une large esplanade encore plongée dans l'ombre. Un instant iel espère une ouverture sur la cité, retrouver le dédale des rues et le réconfort d'un trou pour se cacher. Mais l'horizon s'éteint sur la façade opaque d'un immeuble tandis que sur sa gauche, une forme oblongue s'extrait déjà des futaies.

Iel incurve sa course, reprend son élan vers la droite où le ru s'étire vers un parapet blanc tiré entre les deux façades. Le pas régulier de l'automate envahit la cour, comme un roulement de tambour amplifié par l'écho, lui rendant l'impression d'une armada en marche. Iel stoppe brutalement sa course contre le muret de pierre tandis qu'à ses pieds, le ru se faufile entre les piliers pour rejoindre le fleuve en contrebas. Loin de l'ombre de la cour, la surface ridée se plisse et s'irise sous le soleil montant du matin, filant vers l'aval en reflets moirés. Les heures passées devant les eaux scintillantes lui reviennent et l'idée obsédante de la sensation de son corps dans l'eau. Iel hésite, le souvenir furtif des ombres sous la surface flotte avant que les ombres bien réelles de ses poursuivants ne s'impose à nouveau. Bo jette un regard furtif vers l'arrière, s'arrête sur le visage métallique de Zahira étiré dans l'élan de sa course, bien plus proche qu'attendu. Ses jambes passent par-dessus le rebord, oscillent dans l'indécision. La hauteur et le doute l'empêchent un instant, puis iel sent sur son épaule les longs doigts articulées de la machine et d'un mouvement brusque du bassin, iel se projette vers l'avant, laisse basculer son torse sur le côté tandis que le vide l'aspire. Le sifflement de l'air se fige en un cri aigu brutalement ponctué par le fracas de l'eau. L'étreinte glacée lui coupe le souffle tandis qu'iel disparaît sous la surface. Le corps engourdi de silence et de froid, iel se force à ouvrir les yeux dans la brume aqueuse. Iel fouille du regard le brouillard ondin, cherchant à distinguer des formes. Tout semble suspendu, immobile, retenu. Une silhouette désarticulée s'enfonce brutalement sur sa gauche, incitant un sursaut, gonflant sa bouche et son nez d'un parfum saumâtre presque amer. La clarté aveuglante du soleil l'éblouie puis l'étau forcené du fleuve l'attrape. Le monde se transforme en un amas humide, étincelant et confus, mêlant le gris de la cité aux tons limoneux de la rivière. Iel gigote, se débat, tente de retrouver le haut, de se maintenir dans la lumière, de retrouver de l'air. L'image du soleil dans le ciel toujours bleu de la cité-monde s'impose soudain puis celle d'une bouche ouverte sur les abysses.

3

Bo ouvre les yeux sur un ciel de tuyaux et de câbles. Les deux mains en prière sous la joue, le genou gauche par-dessus sa jambe droite tendue, le corps étendu de tout son long. Sa tête lui fait mal et iel tremble dans ses vêtements humides.

La forêt, la chute, le fleuve, la morsure gelée et le chahut du courant. Les images défilent, fragmentées par l'effort et la peur.

Iel grogne et se laisse basculer sur le dos dans une grimace d'anticipation mais la douleur attendue ne vient pas. Iel plie une jambe, puis l'autre. Ramène une main sur son ventre puis devant son visage. La peau est ridée, cireuse, gonflée d'eau et de froid. Les yeux fermés, iel tente d'inspirer profondément.

Le bruissement de l'eau ponctué d'un goutte à goutte cristallin remplit l'espace, comme venant de partout à la fois. Iel se frotte le visage, passe une main dans ses cheveux mouillés. Le sol est dur et froid contre son dos. Le plafond est bas au-dessus de sa tête, un néon blafard projette un halo livide écrasé par la nuit.

Iel plie les jambes et se repousse doucement sur ses mains pour s'asseoir. A quelques centimètres de ses pieds, l'eau clapote doucement contre la rive de béton. Iel laisse son regard dériver un peu plus en amont jusqu'à se perdre dans l'obscurité avant de se figer brusquement.

Le robot est assis sur la berge, son visage de métal perdu dans les reflets de l'eau.

Immobile, comme capturé dans sa réflexion. Presque humain.

Bo se surprend à vouloir approcher. Iel imagine poser une main sur l'épaule mécanique et attendre un regard en réponse au sien, la chaleur d'un contact contre sa peau gelée.

Iel fronce les sourcils. Titien ne lui a jamais fait ressentir cela. Il faut dire qu'avec son corps large et rond, ses bras à piston et les chenilles qui lui servaient de jambes, tout en lui rappelait la machine qu'il était.

Un souffle d'air l'agite d'un frisson. Iel jette un regard à l'entour, vers le plafond arqué de la grotte qui se perd dans la pénombre, au plissement furtif de la rivière, à la berge qui grimpe doucement vers un boyau sombre taché de lumière blafarde. Iel en est certain, Titien n'a jamais mentionné cet endroit. Il ne lui a jamais montré autre chose qu'un monde à ciel ouvert fait de fenêtre et de rue où l'obscurité n'est jamais due qu'à la nuit.

Iel cherche dans sa mémoire ce qu'on lui a dit du fleuve, mais en dehors de l'interdiction faite de s'y baigner, rien ne lui vient. Est-ce donc pour cela ? Est-ce une punition ? Iel a craint les monstres mais n'a pas pensé qu'on pourrait l'emmener loin de la surface.

Iel se lève dans un vacarme de frottement dont l'écho se perd sous la voûte humide, éveillant la crainte d'avoir attiré l'attention. Rien ne bouge. La veste cyan est déchirée par endroit, la chemise tâchée colle sur sa poitrine comme une seconde peau, le pantalon dégoutte doucement sur ses chevilles, coulant dans ses bottes déjà pleines d'eau.

Iel jette un œil sur sa gauche, sur la silhouette assise, immobile, le buste en avant et la tête courbée vers l'onde, comme plongé dans ses pensées. L'idée lui paraît étrange. A quoi cela peut-il penser un robot ? Titien semblait toujours savoir quoi dire, quoi faire, immédiatement, comme cela, sans réfléchir. Avec le temps, Bo savait ce qu'il convenait de répondre, de demander et même de faire. Peut-importe le sujet, les arguments ou les questions, l'avis de la machine n'avait jamais varié et ce jusqu'à sa mise en veille.

L'impassibilité de Zahira s'impose soudain. Peut-être le robot s'est-il finalement éteint. Après tout, Titien s'était bien arrêté comme cela, d'un coup. Un matin, Bo avait ouvert les yeux, l'esprit remplie d'une incompréhensible appréhension dans la chambre inhabituellement lumineuse et empesée de silence. Iel avait mis du temps à comprendre précisément ce qui manquait. Après tout, ce n'était pas la première fois qu'iel ouvrait les yeux avant l'appel de Titien. Mais soudain, les yeux rivés sur l'étendue blafarde du plafond, encore engourdi de sommeil, la conscience brutale d'un vide s'était imposée. Un instant, iel avait espéré que le robot se soit simplement absenté, que la porte s'ouvrirait et que le ronflement sourd du corps mécanique reviendrait.

A l'affût depuis la couchette, iel avait lentement parcouru la pièce, détaillant les surfaces lisses et propres du cube et les rares objets qui pouvaient demeurer en dehors de leur rangement. Les bottes à côté de la porte, la veste à gauche de la console, le mur de pierre bleue et la baie vitrée. Le robot était là, dans son coin, en position de veille, les bras repliés sur le torse et la tête vers l'avant, figé en une présence désormais muette.

L'émotion afflue brutalement sous le coup du souvenir, comme une main sur sa gorge. Iel n'avait pas pleuré, ni appelé. En fait, iel n'avait rien fait. Iel avait attendu là, sur la couchette, aussi immobile que la machine.

Iel inspire brutalement et rouvre les yeux sur la caverne obscure.
— Zahira ?
Sa voix est rauque, soufflée, étirée par l'écho, déformée, infinie.
— Zahira ?
Le raclement de ses chaussures sur le sol couvre les battements de son cœur. Et puis le doute. Peut-être vaudrait-il mieux partir. Chercher une sortie. S'enfuir, si cela est encore possible. La silhouette mécanique se redresse et tourne vers Bo son sourire de métal.
— Atma Blaise, bonjour. En quoi puis-je vous aider ?

Le bruit résonne dans l'étroit tunnel qu'ils remontent depuis un bon moment déjà. Tout y est gris et froid sous les halos blafards des néons du plafond. Ici, tout est étrange. Méconnaissable, irréel. Iel serre ses bras sur son corps raide, toujours enveloppé de ses vêtements humides. Le chuintement feutré des vérins couvre le frottement râpeux des semelles comme le claquement de ses dents. Le ballant des bras mécaniques frôle sa main à chaque pas, l'incitant à se presser contre la paroi brute, à ralentir encore un peu. A tout instant, iel s'attend à ce qu'une poigne d'acier l'attrape et l'entraîne dans l'obscurité oublieuse d'une cellule. Mais le robot fixe l'horizon livide sans même un regard, sa démarche saccadée s'adaptant automatiquement à la sienne.
— Atma Blaise sait-iel où iel veut aller ?
Cela fait trois fois que le robot lui demande. Iel ne sait pas. Iel ne sait même pas où c'est ici. Dans le parc serveur, lui a-t-on dit.
— Je veux juste sortir d'ici.
— Mais pour aller où Atma? L'espace matériel est grand, si vous ne savez pas, je ne sais pas où vous amener.
— Où pouvons-nous aller alors ?
— Le parc serveur donne sur le secteur mère et les chambres de calcul.

— Je veux juste sortir d'ici…
Sa voix n'est qu'un murmure hagard, iel douterait presque d'avoir prononcé des mots. Un nouveau souffle d'air parcourt le couloir forçant les tremblements incontrôlables que son corps ne sait plus contenir.
— Vous allez geler Atma.
— Je… Il fait froid ici.
— Bien sûr. C'est le principe d'un conduit de refroidissement mixte.
— Mixte ?
— Les conduits mixtes font circuler l'air dans les différents secteurs machines mais si le système surchauffe, l'eau monte et envahie les galeries.
— L'eau ?
— L'eau du fleuve.
Iel s'arrête, le souvenir de la lame froide charriant sans ménagement son corps dans son chaos aqueux s'impose en un frisson. Le robot ralentit sans se retourner. Son buste toujours droit et sa tête haute, mimant la décontraction guindée des majordomes, comme dans les images d'époques trouvé dans les consoles de l'archi-dôme.
— Ne vous inquiétez pas Atma, pour le moment la température est stable, nous avons le temps d'atteindre les trappes d'immersion.
— Les trappes d'immersions ?
— En cas d'incendie bien sûr !
L'évidence dans la voix du robot l'agace. Comment aurait-iel pu deviner ? Iel ne sait rien de la ville. Titien ne lui a jamais vraiment expliqué quoi que ce soit.
Un nouveau frisson traverse sa carcasse engourdie.
— Peut-être devrions-nous continuer Atma, je ne peux pas vous réchauffer et je crains que vous ne vous sentiez mal.
La pente se fait plus raide et les murs se plissent d'étranges callosités. Chaque pas devient plus difficile. Dans sa tête tout s'emmêle, comme épaissi par le froid. Une main se pose doucement dans son dos, guide fermement vers l'avant.
— Encore quelques pas et nous y serons.
Entre ses paupières plissées par l'effort, iel découvre dans la paroi de droite une large plaque marquée d'une lettre et d'un chiffre à peine distinguable. Un crissement assourdissant résonne dans le couloir tandis que la main l'engage vers la passe obscure et chaude qui vient de s'ouvrir. Iel se laisse docilement glisser dans la pénombre, savourant la sensation duveteuse de l'air sur sa peau gelée.

Brusquement aveugle, bo hésite à faire un pas, les bras tendus dans l'invisible. Ses doigts rencontrent le bord lisse d'un coin puis d'une surface satinée et tiède qui s'élève bien au-dessus de sa tête. D'un geste hésitant, iel explore lentement la paroi sans rien trouver d'autre que la douceur souple et plastique. Iel presse son bras puis son épaule contre la cloison, se coule vers le sol, se love dans le cocon tépide des ombres qui l'entourent.

Des pas feutrés s'échappent sur sa droite mais Bo n'a plus la force d'y faire attention. Iel ferme les yeux et inspire doucement. Contre son dos le mur ronronne doucement dans une caresse réconfortante. Le chat lui revient en mémoire. Le souvenir du petit corps frémissant sur son ventre, l'impression d'un autre là, tout près. Iel soupire, un bras serré sur la poitrine, l'autre sous sa tête.

Iel sent son corps se relâcher et l'enveloppe spongieuse de ses vêtements s'échauffer lentement.

— Atma Blaise ?

Le chuchotement synthétique du robot déchire d'un sursaut l'intimité du moment.

— Atma Blaise ? Il vaudrait mieux que vous enleviez vos vêtements.

Bo se redresse d'un coup. Zahira. Iel l'a presque oubliée. Iel cligne des yeux dans l'obscurité, cherche à distinguer une silhouette parmi les ombres. De petites lueurs blafardes clignotent un peu plus loin, jetant leurs halos discret dans ce qui lui paraît être un couloir. Iel tire maladroitement sur la veste azur, cherche les boutons de la chemise, se débat un peu pour tirer ses bras du tissu détrempé. La peau frissonne au contact de l'air. Iel se tend vers l'avant, s'oblige à fixer l'espace, à distinguer ce qui l'entoure. Des formes se dessinent peu à peu dans le noir.

— Zahira ?

— Oui Atma Blaise ?

— Où sommes-nous ici ?

— Dans le hall B7 du parc serveur.

Le silence retombe entre eux.

— Cela répond à votre question n'est-ce pas ?

Un sourire étire ses lèvres sèches. Peut-être le robot commence-t-il enfin à saisir l'étendue de son ignorance.

— Pas vraiment. Je…. je ne sais pas ce qu'est le parc serveur.

— Oh.

De nouveau le silence ouaté du ronronnement des machines. L'androïde fait quelques pas puis se fige, si proche qu'iel pourrait le toucher.

— Peut-être savez-vous alors ce que sont les quartiers systèmes ou l'espace matériel ?
Iel secoue la tête, expirant un non à peine audible.
— Que savez-vous alors ?
Bo se mord la lèvre puis soupire.
— Rien.

Bo passe une main sur le tissu tiède de sa chemise étirée entre deux tours de serveur. La pénombre s'est peu à peu dissipée, révélant de longs couloirs bordés de façades électroluminescentes et d'indicateurs lumineux. Zahira se tient là, dans un coin, assise, à portée de voix comme elle dit. Les épaules basses et le regard fixe. Elle attend.

Cela n'a pas été facile de remonter le fil de son ingénuité. De rassembler les morceaux de savoir épars et de les réagencer pour comprendre.

Mais iel sait.

Enfin, iel sait un peu plus.

Bo sait que les hommes ont construit la cité-monde comme un iceberg dont les profondeurs abritent le système qui fait fonctionner la ville. Qu'ils ont délégué aux robots tout ce qu'ils ne voulaient plus faire et que, petit à petit, ils ont déserté les rues pour l'immersus. Iel sait que la ville n'a besoin de personne, que tout à sa fonction et sa place. Iel sait même qu'iel se trouve quelque part, dans l'espace machine et que les colonnes qui l'entourent contiennent toutes les informations dont la mégalopole à besoin pour être.

Iel sait maintenant tout cela. Mais iel ne sait toujours pas ce qu'iel fait là. Pourquoi Blaise Oblat dit Bo, est un jour sorti de son immersus pour se réveiller sur l'asphalte d'une avenue. Pourquoi une unité d'enseignement s'est tant souciée de sa sécurité avant de décider de l'emmener dans un cube inoccupé si loin du sien. Ni même pourquoi un jour l'unité d'enseignement s'est éteinte comme tant d'autres androïdes avant lui.

Zahira n'a pas su lui dire cela. Elle n'a pas su non plus dire d'où venait le chat, ni pourquoi Walden ne voulait pas sortir du parc ni même pourquoi Adam avait construit un jardin et voulait absolument l'immerger de nouveau.

Zahira dit que ce n'est pas à elle de savoir cela. Qu'elle n'est là que pour assister.

Iel soupire en fermant les doigts sur le tissu avant de tirer la chemise de son étendoir de fortune avant de passer une manche puis l'autre.

Bo ignore tant de chose encore, mais iel sait qu'ils ne peuvent pas rester ici. Les boutons de plastiques glissent dans les fentes de toile. La porte n'est pas loin, sur la droite. Zahira l'ouvre d'une pression de ses longs doigts articulés sur la tuile tactile. Un tunnel aux murs courbes et sombres couronnés au zénith d'un rail luminescent s'étire de part et d'autre, se compactant à l'horizon dans un infime point lumineux. Bo laisse courir son regard d'une extrémité à l'autre, perplexe.

— Les chariots de charriage ne viendront pas Atma. Il va falloir marcher.

Les accents métalliques enflent en s'échappant, laissant là un nouveau mystère qu'iel ne résoudra pas. Un sourire compatissant s'étire sur le visage mécanique tandis que le robot fait quelques pas dans la galerie, son ombre enveloppant ses épaisses semelles podales, les confondant presque avec le dallage opaque du sol.

— Ce n'est pas loin, ne vous inquiétez pas.

L'éclat froid des tubes nitescents jette un voile presque éblouissant sur la carlingue d'acier. *Ne pas s'inquiéter.* Alors qu'ils sont Ici, perdus sous la surface, engloutis dans le dédale labyrinthique du système, l'idée paraît étonnante. Qu'est-ce que « pas loin » peut bien signifier.

— Atma?

Le masque froid l'envisage, interrogateur. Iel soupire et avance un pied incertain vers le revêtement charbonné. Le frottement assourdi de ses pas enfle comme un souffle dans le tunnel, se mêle à la rumeur indistincte des courants d'air.

Zahira reprend sa marche, la sérénité feinte de son visage retrouvée. Iel se cale sur son pas. Un pas après l'autre. Le chuintement régulier des pistons activant les semelles podales sonne comme un métronome envoûtant. Son ombre glisse lentement sur le sol, amas informe et liquide. Les parois lisses et uniformes se fondent en un décor monotone et sombre. Une vision d'irréel qui lui donne envie de parler. Iel amorce des mots pour former des questions. Il y en aurait mille à poser et tout autant de remarque à faire. Mais tout se bouscule et rien ne vient.

La silhouette rigide, tendue vers l'avant lui semble inaccessible. Le buste bouge à peine à chaque pas, l'oblong de la tête penche légèrement sur la ligne ronde des épaules. Elle paraîtrait presque soucieuse.

Un robot peut-il se perdre dans ses pensées ? Bo réalise que c'est la deuxième fois qu'iel s'interroge sur le silence de Zahira. Ses pieds éprouvés par le cuir rigide de ses chaussures lui font mal.

La lassitude accable son être empesé de fatigue, dérouté par la constance du jour artificiel irradiant sans cesse d'un éternel midi.

Iel dérive vers la cité de là-haut, en surface. Vers ses avenues vides et ses venelles obscures, vers l'espace immense et le vent parfois harassant qui y souffle. Iel se demande de quelle couleur est le ciel qui la veille.

Combien de fois le soleil s'est-il couché depuis sa chute dans les ténèbres glacées du fleuve ?

Le désir de parler revient. Demander si elle sait, elle, comment le temps s'est écoulé.

Pourtant, iel ne dit rien, la conviction qu'elle ne comprendrait pas l'empêche. Elle semble si loin de cette question. En dehors du temps, insensible au défilement des heures tout autant qu'à l'obscurité froide et minérale des traverses qu'ils parcourent.

Comme Titien. Autrefois.

Chaque jour suivait le précédent sans importance, à peine un signe accompagnant le déroulement des tâches et le respect des règles horaires. Se lever le matin, faire de l'exercice, se laver, sortir, rentrer avant la nuit, converser sur les découvertes du jour jusqu'au crépuscule, méditer puis dormir. Et recommencer. Actions et événements ne semblaient avoir d'autres raisons d'être que de suivre le programme, réfléchi et tendu vers un but revendiqué, martelé, évident, indiscutable. Un but patiemment articulé d'idée floues dont iel ne parvenait jamais à saisir le sens malgré le temps.

Jusqu'à ce qu'il s'endorme pour ne plus se réveiller.

Jusqu'à ce matin comme tous les autres et pourtant absolument différent.

A-t-iel tout arrêté dès ce matin-là ?

Iel fouille ses souvenirs, cherche des repères. Tout paraît si loin, si différent. Les choses viennent par fragments, juxtaposition d'images et de souvenirs sans durée et sans âge dont iel sait à peine ordonner les plus récents.

Combien de temps depuis ce matin-là ?

Combien de temps depuis la Tour 8 ?

Et depuis qu'iel a laissé Walden ?

Depuis sa fuite du jardin d'Adam ?

Iel ferme les yeux, la lumière iridescente du tunnel filtre au-travers ses paupières, illumine des rosaces fébriles sur fond de nuit, bercées du chaos de ses pas.

— Nous y sommes.

Les accents mécaniques lui font ouvrir les yeux.

L'arcade se dresse devant eux, large et majestueuse, ses contours de pierre sculptées jurant grossièrement avec le revêtement lisse et métallique des murs.

De longs sillons gravés le long de son linteau dessinent des boucles irrégulières coupées de virgules et de points. Iel s'attarde sur l'un d'eux, cherche à distinguer quelque chose, croit reconnaître des lettres, interpelle le robot.

Zahira ne jette pas même un regard sur l'imposant portique se glissant dessous, marmonnant une obscure remarque sur les aléas du programme concepteur. Sa voix raisonne, atone et ennuyée tandis qu'elle s'éloigne déjà.

Le tunnel se divise en trois conduits s'arrimant chacun à une étroite passerelle pavée. L'androïde se hisse sur l'une d'elle et se fige dans une attente impatiente. Une machine peut-elle se lasser ? Bo soupire et se hâte.

Face à eux, le quai s'engouffre dans un escalier de pierres lisses et grises qui s'élèvent doucement dans une semi-clarté reposante. Au sommet des marches un nouveau couloir s'enfonce dans l'obscurité.

Soudain le robot s'arrête et se tourne.

Une main sur la paroi, elle tâtonne dans l'ombre. Autour d'eux tout semble suspendu aux frottements des doigts de métal sur la roche. Iel fronce les sourcils. Un claquement bref anime brusquement l'air immobile de la galerie et un souffle chaud et poussiéreux s'engouffre dans la gorge rocailleuse. Un pan du mur se rétracte puis s'éventre dans un halo éclatant.

Bo cligne des yeux tandis que le flot laiteux inonde la galerie, soulignant les aspérités du sol de pierre. Iel fait quelques pas hésitants et s'arrête à la frontière. De l'autre côté, une large allée couverte s'évade entre deux murs sculptés suggérant les contours d'une foule indistincte, sans visage et sans élan. Iel lève les yeux sur le plafond de verre, vers le ciel qui étire au-delà du vitrage le bleu mouvant de son étendu d'azur.

Iel ferme les yeux, accueillant la caresse des rayons sur sa peau et soupire.

— On y croirait presque, n'est-ce pas ?

Bo sursaute. Zahira se tient là, sur sa droite, si proche que leurs épaules se touchent presque.

— Presque ?

Elle lève la tête vers le ciel.

— Pour rendre les trajets plus supportables.

— Nous ne sommes pas à la surface ici ?

Un sourire se dessine sur son visage et un air presque tendre éclaire ses traits tandis que sa voix égrène les mots dans un tintement mélodieux.

— Bien sûr que non. Comment le réseau express pourrait-il circuler à la surface ?

Elle saisit son le coude et tire vers l'avant. Son corps suit docilement, un pas, puis un autre, tout surpris qu'iel est par le changement brutal d'attitude du robot. Le soleil numérique éclabousse l'allée, ombre les silhouettes parcourant les murs, creusant des reliefs inattendus.

— Zahira, attends.

Elle se tourne sans lâcher son bras, sans même ralentir, l'interroge d'un regard.

— Où va-t-on ?

— Nous sortons d'ici bien sûr ! C'était ce que vous souhaitiez n'est-ce pas ?

L'ascenseur qui les mène à la surface est un simple cube silencieux aux parois de métal et de verre qui laissent à voir l'empilement de couloirs et de pierres que traverse leur ascension. Bo a mis du temps à comprendre ce qu'iel voyait, là, debout dans cette grande caisse immobile. A ses côtés le droïde sourit, les détails de son corps de métal étincelant sous le carreaux lumineux du plafonnier. Elle fixe son visage de ses grandes pupilles noires sans reflet, avide et rayonnante. Iel se sent sourire en retour et puis quelque chose s'enclenche et les mots sortent avant qu'iel ait le temps d'y penser.

— Tu as l'air joyeuse.

Elle semble étonnée, dévisage Bo, hésite puis murmure doucement.

— Joyeuse? Peut-être.

Elle se tourne, laisse glisser son sourire en une moue songeuse.

— Je ne suis pas faite pour le secteur machine. Si je reste trop longtemps dans l'ombre, mes circuits se brouillent et je ne sais plus m'adapter comme il faut.

C'est à Bo maintenant de la fixer.

— Je n'ai pas de poste de charge…

Les grandes portes s'ouvrent sur le côté du cube, libérant un flot de lumière et d'air poussiéreux. La grande avenue s'étale devant eux, ses façades d'ivoire étincelantes, ses grands arbres langoureux et ses trottoirs tapissés de brun et de sable escortant le ruban d'asphalte jusqu'au fleuve. Iel écarte les bras, se laisse aller dans un élan de soulagement.

— C'est vous maintenant qui avez l'air joyeux.

Iel se tourne vers le robot resté en retrait.

— Je connais cet endroit

L'astre est haut dans le ciel, éclaboussant la chaussée. Iel lui saisit les mains et la tire vers l'avant.

— Viens !

Ils dévalent l'artère en courant, le bruit de leur pas se mêlant dans un écho dissonant de ferraille et de caoutchouc. Le métal froid et rugueux sous ses doigts se réchauffe petit à petit tandis qu'il glisse dans sa poigne pour s'y faire une place, les membres articulés étreignant délicatement les siens. Et tandis qu'ils s'engagent dans une ruelle ombragée abouchée à hauteur d'une petite place en demi-cercle, quelque chose monte au creux de son ventre. Souvenir lointain d'une sensation perdue. Iel tourne le regard vers l'androïde déboussolée. La mimique s'est figée dans une attitude attentiste et docile.

— Où allons-nous ?

Le ton est doux, timide, presque hésitant. Les robots peuvent-ils douter ?

Quelques pas les mènent devant une porte vitrée à deux battants séparés d'une bande cyan derrière laquelle miroite le carrelage d'un hall d'entrée. Iel en pousse un et s'engouffre dans les escaliers sans même un regard vers l'androïde dont la main est restée accrochée à la sienne. Un premier palier, puis un deuxième.

Iel n'a jamais grimpé aussi vite les cinq étages qui sépare la rue de ce couloir qu'iel ne pensait plus revoir.

— C'est ici, tout au bout.

Sa voix est rauque et soufflante, bousculée par l'excitation.

— Quoi donc ?

Iel s'arrête devant une porte marquée d'un "B" à la boucle du bas effacée. Ses doigts hésitent un instant, glissent le long du battant de bois pour retrouver le creux des éclats de peinture. Iel laisse échapper un rire soulagé lorsqu'iel constate qu'ils n'ont pas bougé.

Malgré le temps.

Malgré son départ.

Malgré les jours et les nuits, malgré le gouffre sombre du sous-sol du monde.

Malgré le parc, le chat, Walden et Adam.

Malgré l'androïde debout dans son dos qui attend sans comprendre.

Iel se tourne vers elle et sourit encore. Ses doigts atteignent enfin la dalle tactile, escamotant la porte dans un soupir discret. Un souffle chaud se déverse dans le couloir, diffusant l'odeur douce amer qu'iel ne pensait plus retrouver.

Sa chambre est là, paisible, endormie dans le jour tamisé.

Iel fait un pas dans la pièce, impatient. Rien n'a changé. Ni la paillasse tirée au sol, ni la couverture jetée en travers. D'une main, iel retrouve le jeu de la porte disjointe du casier à droite de la console éteinte, le gondolement discret du sol aux pieds du mur bleu, les ressauts lissés et poussiéreux des

pierres usées dans l'angle près de la baie vitrée.
 Soudain, iel s'avise du silence de sa compagne, se retourne, fébrile. Elle est là, pourtant, à quelques mètres, juste derrière. Elle fixe la masse informe de son ancien mentor, figé dans son coin, en position de veille. Elle semble hésiter, comme si elle cherchait la meilleure chose à faire. Comme si peut-être quelque chose pouvait être fait.
— Zahira ?
— Qu'avez-vous fait ?
Bo s'approche d'elle. Iel fronce les sourcils, contemple le masque d'étain, , s'étonnant de la note qu'iel a cru percevoir dans sa voix, Les traits paraissent durs, tendus... tristes.
— Rien. Un soir il s'est mis en veille et n'en est plus sorti. Peut-être pensait-il que je n'avais plus besoin de lui.
Elle tend vers le robot sa main mécanique, presse un volet rectangulaire, découvrant un étroit panneau garni de boutons et de voyants. Elle appuie sur l'un d'eux, attend un peu puis recommence. En presse un deuxième plus vite puis impatiemment un troisième avant de s'interrompre. Sa main retombe sur son côté, sa tête s'incline.
— Il n'est pas en veille Atma.
Iel hésite.
— Je pensais que les robots ne s'éteignaient que lorsqu'ils n'étaient plus utiles…
Quelque chose passe sur le visage mécanique. Une inquiétude peut-être. Iel lui sourit tristement. Comment rassure-t-on un robot ?
— C'est peut-être ce lieu. Plus rien ne marche vraiment ici…
— Dans la ville aussi, beaucoup de choses se sont arrêtées…
Sa voix n'est qu'un filet à peine audible.
— Beaucoup oui.
Le silence tombe sur eux comme une chape, pesante et visqueuse.
 Iel fixe son dos lisse et blanc, irisé par la lumière crue du couloir. Iel s'attarde un instant sur le dessin grossier du col d'uniforme rehaussant le buste. Un sourire compatissant se dessine sur son visage. Iel sait l'inéluctable solitude autant que la tristesse sourde et ouatée de l'absence.
 La carlingue s'affaisse un peu plus vers l'avant et l'urgence monte au creux de son ventre. Iel voudrait s'approcher d'elle, la serrer sur son cœur. Trouver des choses à dire pour l'enrober du son de sa voix, faire comprendre qu'elle n'est pas seule puisqu'iel est là.
 Et cette idée résonne, soudain, comme un espoir ténu auquel s'accrocher.

Iel n'est pas seul, puisqu'elle est là. Iel fixe un instant Titien immobile et muet puis le ciel toujours si bleu là-bas au-delà de la fenêtre. Le souvenir lointain d'un regard lui revient.

Iel n'est pas seul ici, malgré le temps et le silence, iel sait maintenant qu'iel ne l'a jamais été.

Iel pose sa main sur son épaule et sourit encore. A peine d'abord puis plus franchement. D'un pas iel remonte à son niveau et sa voix raisonne dans l'espace clos du cube.

— Zahira. Aide-moi à parler aux autres, ceux qui dorment. S'il te plaît.

Elle se tourne vers Bo, cherche son regard de ses grands yeux noirs, prend sa main et tire doucement vers l'avant, l'entraînant vers le couloir, vers l'escalier. Iel se laisse faire, docile, les mots prononcés stupéfiant sa pensée. Ces mots qui s'ouvrent sur des possibles à peine envisagés.

Tandis que, dans le ventre de l'immeuble, ils descendent un étage puis deux, iel se sent comme ces lutteurs qu'on guide jusqu'à l'arène. Leurs pas les mènent vers une porte nacrée dont iel sait maintenant qu'elles dissimulent les espaces techniques. Le réduit est sombre et étroit. Si étroit qu'iel n'a d'autre choix que de se coller à elle. Épaule contre épaule face à l'écran gris bleuté de la console. Zahira dégage un panneau, appuie sa main sur les touches faisant apparaître un enchaînement de symboles puis prend sa main et la place sur les commandes, guidant ses doigts sur les excroissances métalliques.

— C'est le dispositif de secours. Je crois qu'il marche encore. Il faut appuyer là, comme ça.

Au bord du gouffre, prêt à plonger, iel hésite et s'attarde. Que dit-on au vide pour attraper l'attention ?

La proximité raide du robot sur sa droite et l'obscurité poussiéreuse l'oppressent davantage.

— Vous pouvez parler, Atma.

Le bouton s'enfonce et se bloque dans un claquement sec. L'air s'électrise et se condense dans l'écho amplifié et râpeux de son souffle. Iel inspire puis tousse, inspire de nouveau, hésite encore, laisse échapper un premier son puis un deuxième, puis des mots dissonants et hachés qui enflent carambolant les phrases et les idées dans un brouhaha nébuleux. Alors sa voix se pose, lisse, alcyonienne, et enfin iel s'entend.

Iel s'entend donner son nom, son prénom, le numéro d'un lieu dont iel ne se souvient pas.

Les Fantômes

Iel s'entend interroger le vide, interpeller quelqu'un et demander si on se souvient. Si on peut lui parler de cela, d'avant, de ce qu'iel aimait, de ce qu'iel était et puis bien sûr de ce qui s'est passé. Enfin, peut-être, si on peut lui parler de sa sortie de l'immersion et du retour dans la cité.

Iel s'arrête à bout de souffle. Dans le silence bourdonnant du local, l'air frémit dans un recul sidéré, une crainte.

Autour d'eux la masse s'est figée. Pourtant, pas un son. Personne ne répond.
— S'il vous plaît. Il y a quelqu'un ? Je veux juste parler. Pour comprendre. Pour savoir quoi faire, où aller. Je suis dehors, dans la ville. Peut-être que l'un de vous s'en souvient.

Sa voix presse et se serre, monte dans les aiguës. Iel insiste. Encore. Mais rien ne vient.
— Peut-être qu'ils ne m'entendent pas. Peut-être que le système ne marche pas.
— Il marche Atma.

Ses doigts se crispent sur le bourrelet de métal.
— Répondez! S'il vous plaît !

Et puis soudain, la contraction là dans sa poitrine et la colère impuissante.
— Je crois que la cité se meurt, elle tombe en panne. Les robots s'arrêtent et les machines se bloquent. Personne ne s'en occupe, plus rien ne les répare… Que se passera-t-il si personne ne fait rien…

Seul le silence persiste, obstiné. Iel hésite puis ose.
— Peut-être que vous aussi vous disparaîtrez…

Les mots heurtent le vide dans un fracas muet, mais quelque chose change. Une tension discrète qui devient bourdonnement et l'écho d'une pensée balbutiante qui prend corps.
— Je sais que vous êtes là, je sais que vous m'entendez. Arrêtez de vous cacher ! Qu'allons-nous faire si tout disparaît ?

Le bruissement s'agite et résonne, se teinte de murmures engourdis, déroutés, incrédules, irrités. Des grognements intimant le silence. Des claquements empâtés de sommeil dérangé. Des gémissements hagards de menaces inarticulées. Là, quelque part, la bête s'éveille rugissant de mille voix désaccordées dans l'espace réduit du local. Un instant iel s'inquiète, l'esprit abruti de bruits, englouti par le tumulte.

Qu'a-t-iel fait?

A ses côtés Zahira l'envisage, souriante et attentiste, indifférente à la clameur qui l'écrase et l'oppresse.
— Je crois qu'ils vous répondent, comme vous le souhaitiez.

Iel inspire puis déglutit. C'est certain, on a entendu. Mais tout ce bruit, est-ce

vraiment une réponse ?
L'écho s'amplifie dans le désordre ambiant. Des mots naissent laissant entendre de-ci de-là des questions mêlées d'accusations. Iel murmure une invitation à l'apaisement, à l'écoute. Mais sa tentative se perd dans le brouhaha.

— Je ne comprends pas ce qu'ils disent, peut-être pourriez-vous leur suggérer de parler chacun leur tour ?

La voix du robot se détache sans peine et sa candeur lui tire un sourire. Si seulement cela ne tenait qu'à cela. Une suggestion.

Quelque chose s'agite dans sa tête et sa poitrine, frémit sous la clameur hébétée. Une colère sourde, désespérée. Comment peut-on se sentir à la fois si proche et si loin ? Si isolé au milieu de tant d'autres.

Ses espoirs lui reviennent en une vague, la cuisson lancinante de l'isolement, le désir d'une rencontre, d'un regard, d'un mot partagé. Un souhait qui paraissait pourtant si simple, qui apparait si ridicule maintenant. Iel serre les dents et les poings, inspirant profondément tandis qu'une incroyable fureur monte du fond de son ventre. Alors iel crie, exhorte au silence, à l'écoute. Et sa voix vibre dans l'espace confiné du réduit, couvrant à peine l'ardeur brutale et dissonante de tous ces autres. Aussi brusquement qu'elle est venue, la hargne se retire.

Iel relâche le bouton dans un clic étonnamment sonore, laissant s'évanouir les clameurs dans un silence étale.

Iel ferme les yeux.

— Vous ne voulez plus leur parler Atma ?

Iel passe sa langue sur ses lèvres, tord sa bouche et expire doucement. Pendant de longues secondes ils restent immobiles, côte à côte, appuyés l'un contre l'autre, enveloppés du calme retrouvé. Iel sent le regard de Zahira. Iel sait qu'elle attend une réponse. Comment lui dire que tout n'est pas aussi simple qu'une envie ?

Son épaule contre la sienne semble un peu moins dure, un peu moins froide.

— Il n'y a plus rien pour nous ici.

Le sommet de la Tour 8 luit doucement dans la lumière du couchant. Il leur a fallu du temps pour rassembler les quelques effets retrouvés dans sa chambre et parcourir le chemin jusqu'à la place immobile à son pied. Du temps pour gravir les étages, du temps pour avancer sur la plate-forme de toit. Du temps, mais si peu finalement comparé à tout ce temps perdu. Avant.

Quand Bo y pense cela lui tire un sourire. Sa candeur placide, sa détresse et l'attente, incongrue. La désillusion aussi. Qu'a-t-iel cru que ces autres pouvait lui donner ?

Walden, Adam et tous les oubliés qu'iel a tant espéré retrouver. Qu'attendait-iel donc de leur présence ?

Ils sont là maintenant. Les pieds ballants, glissés sous le garde-fou, le torse posé contre les filins de métal, les sens étourdis de vide et d'espace, Zahira un peu en retrait, assise, les épaules basses, fixant le tapis urbain qui s'étale sous leurs yeux. Elle a suivi, docile et silencieuse. A peine un mot dans le hall quand iel cherchait l'ascenseur et sa main glissée dans la sienne, à l'arrivée en haut pour traverser l'océan de bleu et de métal. Le soleil embrase l'horizon et les premières étoiles apparaissent.

— Les hommes sont-ils morts, Atma ?

La question raisonne à ses oreilles, gonfle son cœur. Sa simplicité fragile et douce. Sait-elle vraiment ce qu'est un homme ?

— Non. Ils rêvent, à jamais.

— Peut-être peut-on les réveiller ?

Iel laisse le silence retomber, réfléchit un instant. S'étonne de ne trouver aucune trace de regret.

— Peut-être. Mais ils ne sauraient probablement plus quoi faire. Ils n'en auraient probablement même pas envie. C'est trop tard pour eux…

— Que va-t-on faire alors ?

Iel se tourne vers elle, un sourire serein sur les lèvres.

— On va vivre.

— Vivre…

Les mots s'attardent entre eux. Incongrus, inattendus.

— Oui, vivre… mais pas comme avant. Et pas comme Walden ou Adam. On va avancer, on va reconstruire. Tu sais, je crois que la cité n'a pas ouvert mon immersus pour que je sauve les hommes. Elle voulait que je la sauve elle. Elle ne veut pas s'éteindre. Peut-être a-t-elle aussi envoyé Titien, puis toi. Elle a fait ce qu'elle pouvait faire, a tenté de tracer un chemin. Elle n'avait pas prévu que je mette autant de temps à comprendre, que Titien plutôt que d'encourager ma curiosité, l'endormirait. Peut-être est-ce pour cela qu'elle l'a éteint…

— Et si nous aussi nous nous perdons, si nous ne suffisons pas ?

Iel hausse les épaules, laissant courir son regard sur l'étendue scintillante du fleuve.

— Elle trouvera… elle est faites pour cela.

Bo sait qu'elle comprend cela. Ces mots. Cette idée.
Bo le sait parce qu'iel aussi a compris.
Bo qui n'était personne mais qui, sans devenir personne, est un être. Vivant.
Juste un être vivant.